Para Pilar, amor vincit omnia

Luciérnagas en el desierto

Si tuviéramos que enseñar la verdadera paz en el mundo, y si hiciéramos una verdadera guerra a la guerra, tendríamos que empezar con los niños.

Mahatma Gandhi

Editorial Bambú es un sello
de Editorial Casals, S. A.

Tel.: 902 107 007
www.editorialbambu.com
www.bambulector.com

Diseño de la colección: Estudio Miquel Puig
Diseño de la cubierta: Estudio Miquel Puig

Primera edición: septiembre de 2012
ISBN: 978-84-8343-206-8
Depósito legal: B-13673-2012
Printed in Spain
Impreso en Anzos, S. L.
Fuenlabrada (Madrid)

LUCIÉRNAGAS EN
EL DESIERTO
Daniel
SanMateo

bam
bú
EDITORIAL

1

Al principio, estos momentos me producían miedo, luego llanto. Ignoraba lo que sucedía exactamente. Los adultos comenzaban a actuar con nerviosismo, se hablaban a gritos o en susurros, gesticulaban de forma cortada, tomaban las primeras dos o tres cosas que tuvieran al alcance de las manos, como para asir la realidad y cerciorarse de que sus mentes no les tendían trampas hechas de espejismos, nos empujaban o tiraban de nosotros, según la posición en la que estuviéramos, hasta los rincones del cuarto, o nos hacían meternos bajo la mesa, o simplemente nos arrojaban boca abajo en el suelo y se lanzaban sobre nosotros con todo su cuerpo como queriéndonos proteger de todo mal con su propia carne.

Al principio, veía en los ojos de los adultos un paisaje blanco y desolador, como un vacío, una falta de lo que puede ser dulce y bueno y feliz, ojos vacíos pintados de blanco. Ese color que quizá en otras circunstancias significaba esperanza, pero que justamente en estas decía lo opuesto.

Al principio, el ruido iba creciendo poco a poco como un zumbido de mil moscas, un ruido acercándose lentamente, un ruido que producía una corriente eléctrica en nuestros cuerpos y nos erizaba el cabello. Luego ese ruido crecía en intensidad y explotaba a intervalos regulares con un estruendo de paredes perforadas, pozos de agua, cristales rotos y humo en columnas negras, mientras toda voz se iba callando y era sustituida por algún gemido o llanto diáfano.

Al principio, ese momento se producía en cualquier instante y sin aviso previo. Sucedía cuando la gente paseaba por las calles o se disponía a hacer el rezo del mediodía, a veces sucedía en el momento de sacar algunos dinares para pagar el kilo de harina, el litro de aceite o algunos frutos secos, sucedía cuando se tomaba el té para hacer una pausa breve y liberarse un poco del ajetreo diurno, cuando los ancianos leían el periódico o jugaban al ajedrez, sucedía cuando intentaba hacer el catálogo de mi escasa colección de insectos disecados, constituida en su mayor parte por algunos gusanos, dos moscas caseras y un mosquito carente de un ala, perdida en la suela del zapato de mamá.

Al principio, todo esto me producía miedo, luego llanto. El miedo me consumía, se apoderaba de mi cuerpo, contraía mis músculos; los brazos y las piernas se tensaban y casi desfallecía con espasmos violentos. El llanto, más de impotencia, era como una salida de toda esa tensión que estrangulaba mis venas, como esa liberación totalmente involuntaria que descongestionaba mi garganta y quizá terminaba por salvarme de la opresión ocasionada por el peso insoportable de la situación.

Pero eso era al principio, ahora ya no, las cosas cambian.

2

Shaima y yo nos miramos, en cuclillas frente a frente, nuestras espaldas contra el muro y la columna que tiembla y se quiebra un poco con cada nuevo embate de las balas. No hablamos con la voz, sino con todo un lenguaje hecho de movimientos oculares, de fruncimiento del ceño, de arqueos de las cejas y de aleteos de las pestañas. Nos decimos todo. Nada queda en el silencio. A veces ella sonríe como respuesta al guiño de mis ojos, quizá aprecia los chistes que cuento; a veces suspira, gesto que siempre me confunde pero que no puedo dejar de admirar por la sencillez con que lo realiza. A veces incluso cerramos los ojos y solo imaginamos que aun así nos vemos por detrás de los párpados, como si estos no existieran, y seguimos nuestra conversación justo en el lugar preciso donde se había suspendido por ese cerrar de ojos. A veces esa forma de diálogo nos lleva a imaginarnos en otro lugar muy distinto a este, un lugar alejado del desierto. La arena dorada

y caliente de tanto sol ha sido cambiada por una alfombra infinita de pasto suave con olor a agua y tierra negra, un pasto fresco al contacto de nuestras manos, y sobre esas lomas verdes corremos tras nuestras cometas de todos los colores, la de Shaima con forma de paloma blanca, casi como una nube esponjosa y con una cola de la que cuelgan cintas que se mecen en ondas suaves contra el viento, y la mía, quizá con forma de águila o quizá con forma de abeja regordeta, con su vientre inflado de color amarillo vivo y algunas franjas negras y afelpadas y sus alas de himenóptero hechas de una red transparente y más fantástica de azul, dorado y verde, y después de correr hasta cansarnos nos lanzamos rodando loma abajo y sentimos el vértigo y la velocidad, y luego reímos tanto que nos duele el estómago; luego comienzo a sentir ese calor que irradia justo desde el fondo de mi corazón y que siento crecer cada vez que estoy cerca de ella. Antes de que pueda decir nada, ella corre y grita con su voz en movimiento «Juguemos a las carreras», y entonces salgo detrás de ella y la persigo durante un buen rato y reímos tanto y todo parece tan puro que así se nos pasan las horas.

En otros momentos simplemente jugamos a no cerrar los ojos y a mantener la mirada fija, y ella casi siempre es mejor que yo en esos juegos y logra pasar toda esta tormenta de hierro sin haber mirado otra cosa que no sean mis ojos, y yo a veces de tanto esfuerzo y tanto intentar ganar alguna vez termino con los ojos irritados y con una lágrima escurriéndose por la mejilla. Ella la ve desde su salida del lagrimal y con la vista acompaña su recorrido, bajando por la mejilla, por el cuello, hasta ese momento en

que queda suspendida de los pequeñísimos vellos de mi rostro, que ya no logran sujetarla por más tiempo, y la lágrima cae irremediablemente al suelo y se evapora casi tan rápido como cayó; es en ese momento cuando Shaima me dice también con los ojos que es el final del juego y que ya puedo parpadear y restregármelos con los puños y mirar también al suelo o quizá al techo, o a cualquier otro lugar.

Solo una vez Shaima se sentó junto a mí, y entre cada explosión, entre cada rompimiento de cielo, durante breves instantes nuestros brazos se tocaron y ese contacto me produjo un escalofrío que me recorrió el cuerpo y terminó convertido en una mueca parecida a algo indeterminado entre un rostro de sorpresa o una sonrisa franca. Una vez, el ruido de la guerra creció de forma tan violenta alrededor de nosotros que Raissa y Mahdi gritaron de susto y mamá tuvo que abrazarlos y hablarles al oído y decirles «Ya, ya, ya, todo está bien, todo va a salir bien», y yo también estuve, durante un segundo, a punto de gritar, pero con un movimiento ágil y preciso Shaima, quizá leyendo el movimiento de mi cuerpo y sabiendo que mi grito era venidero, como para que no expusiera mi propio temor ante la mirada de los que ahí estaban, tomó mi mano entre la suya y con sus dedos finos acarició lentamente mi palma, y con su dedo pulgar acarició la piel anterior a la palma, y ese gesto sencillo me dotó de valor como nunca antes había tenido, exorcizó los fantasmas de todas mis noches y selló para siempre mi amor por ella. En esos momentos solo podía soñar con que Shaima también me quisiera, pero apenas vuelta la calma, las cosas retomaban el curso de la normalidad y Shaima regresaba a su casa con sus padres

y ya no me miraba a los ojos y yo volvía a ser el niño que entendía de insectos y que imbécilmente deseaba que pasaran más aviones y que arrojaran sobre nuestras cabezas sus armas mortíferas para que nuestras manos permanecieran unidas o nuestros ojos se siguieran viendo. El amor produce pensamientos extraños.

3

La guerra se prolonga y ya no sabemos si han pasado días, meses o años. Alguna vez mamá me dijo que cuando uno es niño el tiempo parece alargarse, hacerse un hilo delgado y elástico, como una goma estirada desde la pared del cuarto hasta la puerta; y que cuando se es adulto, el tiempo parece irse muy rápido, casi como las gotas de agua cuando se deja el grifo abierto, casi más pronto que la velocidad en el vuelo de un pájaro. La guerra hace cosas raras con el tiempo y con nuestras cabezas, y la verdad es que aun siendo mi primera guerra, o la segunda, no lo sé, porque papá cree que las guerras nunca acabarán, y seguro que esta no será mi última guerra, puedo decir firmemente que ya la odio. Puedo decir que la odio tanto como odio el sabor de los dátiles cuando ya están pasados, cuando comienzan a derretirse y se convierten en esa masa como de miel verdosa, o como odio el aire seco y caliente cuando vuela lleno de arena y se nos cuela por la boca y por la na-

riz y nos pica tanto la garganta que después de varios días aún no podemos hablar con voz normal, nos quedamos afónicos y tenemos que tomar mucha agua con miel y algún jarabe meloso que mamá prepare. Odio la guerra y no entiendo lo que es, no sé para qué sirve o cuándo va a acabar, no sé siquiera cuándo comenzó; las cosas pasaron tan de pronto que nadie sabe eso, solo sé que la guerra son los aviones que oscurecen el cielo, que vuelan como un rayo y que hacen un ruido de trueno, que arrojan sus bombas pesadas y que las bombas se rompen en la tierra y todo lo de la tierra es destruido. La guerra son también otras bombas que caen de quién sabe dónde, bombas que no son arrojadas desde aviones pero que vuelan con unas alas chiquitas y con un fuego escupiéndoles de la cola, que hacen un arco de humo como queriendo copiar al arco iris, que vuelan con un zumbido aún más agudo y que hacen vibrar tanto los oídos que duelen y sangran. Cuando caen esas bombas se hacen hoyos inmensos y los edificios se convierten en polvo, y papá dice que la gente desaparece por decenas.

Pero antes de seguir hablando sobre la guerra, hablaré acerca de mí y de mi familia. Porque creo que somos más importantes que la guerra y porque, como ya dije, odio la guerra pero me quiero mucho y quiero a mi familia.

Me llamo Dalil. Tengo trece años y medio, en seis meses cumpliré catorce. Mamá ha prometido hacer una fiesta con dulce de miel para celebrar mi cumpleaños. Cuando la hagamos voy a invitar a todos mis amigos y también a Shaima, y si mis amigos no quieren venir espero que al menos Shaima venga y coma del dulce de miel de mi mamá, y diga que es lo mejor que ha probado y que ese día es el mejor día de su vida.

Tengo una hermana menor, Raissa, de diez años, y un hermano menor, Mahdi, a punto de cumplir siete. Yo soy el mayor de la familia, al menos eso es lo que mamá dice cuando papá está afuera haciendo negocios. Papá pasa cada vez más tiempo fuera, intentando conseguir cosas. Antes de la guerra alguna vez acompañé a mi papá a sus negocios, lo seguí por todos lados del pueblo y saludé a todos los señores que me presentó. Todos los señores decían que era bueno que yo aprendiera el negocio a tan temprana edad, que así podría, cuando fuera necesario, reemplazar a mi papá. Todos los señores me revolvían el cabello y me ofrecían dátiles para acompañar el vaso de agua que me daban. A mi papá le daban café y también comía dátiles y otros dulces. Los dedos de novia son los dulces favoritos de mi papá, aunque casi no los come porque dice que le hacen daño a su salud. Los negocios de mi papá no los entiendo muy bien. La última vez que fui con él visitamos a un señor en una bodega muy grande que tenía máquinas con muchas piezas. Mi papá y el señor hablaron durante un largo rato, luego el señor nos enseñó unas máquinas que estaban en la parte de atrás y que eran más pequeñas que las otras, y luego fuimos con él a su despacho, donde mi papá y él se sentaron a tomar café y a comer dulces de miel y nuez, y a mí me dieron un vaso con leche y azúcar. Al final, el señor y mi papá se dieron un fuerte apretón de manos y mi papá sacó un fajo con muchos billetes. Nunca había visto tanto dinero en mi vida. En el fajo había billetes de cien dinares, de quinientos dinares y algunos de mil dinares. Solo había unos cuantos de cinco dinares. El señor recibió el dinero y mi papá le dijo que

debía contarlo, pero el señor se negó a contarlo y dijo que siempre había confiado en mi papá. Luego firmaron unos papeles y mi papá guardó en su portafolios la copia. Nos levantamos, y mi papá y el señor se dieron la mano y después de que el señor se despidiera efusivamente de mí, revolviéndome más el cabello y dándome algunos dulces de miel y nuez para llevar, salimos a la calle. Mi papá iba muy contento y decía que había hecho una buena compra. Pero yo no vi que lleváramos por ningún lado lo que habíamos comprado.

Mi papá, ahora con la guerra, anda siempre muy preocupado. A veces dice que irnos del país sería lo mejor. Con la situación actual, mamá cree que es la única opción, pero tiene miedo. Papá dice que ya verán después, y que mientras tanto intentemos vivir felices. Yo no soy feliz cuando mamá y papá están tristes o preocupados. Hay algo que les pasa que me pone mal. Luego me encierro en mi cuarto y me pongo a llorar, en silencio para que nadie venga a decirme nada. Y luego me acuerdo de Shaima y las cosas mejoran. Creo que soy feliz cuando pienso en ella.

4

Les diré algo sobre el lugar donde vivo, pues pudiera ser interesante, aunque a mí realmente no me lo parece tanto. Primero, tengo que decir que es un país pobre. Los adultos no lo dicen, pero me puedo dar cuenta. No es muy difícil darse cuenta, basta con salir un poco y ver el estado de las calles, el pavimento resquebrajado, los charcos de barro, la ausencia de aceras, la suciedad, el polvo con sabor a arena, las casas sin pintar, otras a medio construir, otras a medio caerse, las paredes agrietadas, los cielos enmarañados de cables por encima de nuestras cabezas, una maraña imposible colgando entre postes también a punto de caer. Según papá, solo nuestro pueblo es pobre, y no todo el país. Mi papá ha ido a otras ciudades del país y nos ha contado que las calles son más bonitas, los edificios más altos y las casas están mejor construidas. Papá dice que la próxima vez que tenga que salir del pueblo para hacer negocios me llevará con él para que yo pueda ver con mis propios

ojos que nuestro país es un país bonito, y que la fealdad de nuestro pueblo es algo de lo que tenemos que apenarnos, y ya después de que nos apenemos, tenemos que hacer algo, todos los del pueblo, juntos, y trabajar para mejorarlo. Papá también dice que el país esconde riquezas inimaginables, que vivimos sobre un tesoro enterrado, pero yo no me creo mucho eso porque mamá dice que los tesoros enterrados existen solamente en los cuentos para niños. No sé de qué cuentos me habla, pero mamá dice que cuando cumpla quince años va a comenzar a enseñarme inglés. Dice que ese idioma me va a servir en el futuro, y que cuando ya lo sepa me va a regalar los libros de cuentos que su padre le dio cuando ella tenía quince años. Esos libros están escritos en inglés y hablan de marineros y de piratas y de tesoros escondidos. Mamá nunca ha visto en la vida real a un pirata, y por eso dice que eso no puede existir.

El pueblo no es muy grande. Antes, después de la escuela, solía ir en bicicleta de una punta del pueblo a la otra saludando a la gente. Todo ese recorrido lo hacía en menos de una hora y, cuando lo recuerdo, no tenía otro fin más que saludar a la gente y andar en bicicleta. En la escuela tenemos un mapa del país, y con una marca roja el profesor de Geografía nos señaló la ubicación del pueblo. Estamos hacia el sur, hacia la salida del golfo. No somos, sin embargo, un pueblo de costa. Tenemos cerca un río, un río muy importante. Luego les voy a hablar del río, porque algo muy interesante me pasó ahí.

Nuestro país es como un trapecio inclinado, su punta sur es afilada y arenosa, y su punta norte es amplia y montañosa. Nuestro país es viejo, muy viejo. El profesor de Geografía dice que quizá sea el primer país de la historia. No sé si creerle, y mi curiosidad no me ha hecho buscar en el libro de Historia para averiguar si el profesor tiene razón y saber por qué el país es tan viejo.

El país tiene mucho petróleo, quizá sea el tesoro del que habla papá, y todos los pozos donde debiera existir agua fresca para beber y para que los animales se puedan refrescar destilan ese líquido negro y viscoso, casi una gelatina, un ungüento oscuro con aroma de olores raros. Papá tiene una frase que usa mucho cuando está haciendo negocios, él dice: «El petróleo es nuestra riqueza y también es nuestra ruina». A decir verdad, no sé muy bien qué puede significar.

Mamá está de acuerdo con papá en que otras ciudades del país están mejor. Tal vez la nuestra en todo caso no sea una ciudad, sino un pueblo pequeño olvidado de todos. Mamá ha ido a la capital y dice que ahí hay avenidas con medianas ajardinadas y con palmeras grandes que crecen bajo el rayo del sol. Mamá es profesora de Matemáticas. Dice que las matemáticas fueron inventadas por nuestros antepasados. Yo hubiera preferido que no lo hicieran, pero luego pienso que entonces mamá no tendría trabajo si las matemáticas no existieran, y eso me pone triste.

Hace dos años, mamá participó en la delegación de profesores de nuestro pueblo en la reunión anual de profesores del país que tuvo lugar en la capital. Mamá dice que la reunión fue simplemente un gran espectáculo, pero que no llevó a resultado alguno. No hablaron de educación o de nuevos métodos, todo fue un interminable intercambio de saludos, de escuchar el nombre y título de los otros, de

sonreír y reír los chistes y formarse en línea a la hora de la comida. A mamá la seleccionaron para formar parte de la comitiva que daría el diploma de profesor honorario al presidente. En la ceremonia, el presidente dijo a mamá: «Gracias, muchas gracias, el Gobierno está haciendo todo lo posible para llevar adelante el proyecto educativo», a lo que mamá tuvo que responder con una falsa sonrisa y un apretón de manos efusivo, también falso. De todas formas, el viaje sirvió para que mamá se distrajera un poco. Desde la última guerra mamá estaba deprimida, y salir un poco de la rutina le hacía bien. Ahora parece que la nueva guerra, lejos de sumirla más en su tristeza, le ha despertado nuevas fuerzas. Supongo que los adultos, en los momentos críticos, se hacen los fuertes.

Mamá y yo hablamos mucho. Por las noches, cuando Raissa y Mahdi ya duermen en sus camas y papá fuma su pipa y lee el periódico o escribe una carta, mamá me lee libros de cuentos que luego escondo bajo la cama. No son los cuentos de los piratas, sino otros de otras personas que vivieron hace mucho. Una vez le pedí que me leyera alguno de los cuentos de piratas, pero mi mamá me dijo que de grande los podría leer yo solo, pero insistí tanto e hice tanto ruido que desperté a Raissa y mamá se enojó. Después de volver a dormir a Raissa, mamá vino conmigo y trajo consigo su libro de cuentos de piratas. En la portada había un barco y un mar de color azul, también había una isla con una palmera solitaria. Bajo la palmera había un baúl que tenía la tapa levantada y dentro del baúl había muchas monedas doradas, un señor con una pierna hecha como de escoba y con un parche en el ojo,

con dientes torcidos y negros sonreía y se apoyaba sobre la palmera. Mamá decía que ese era el pirata del cuento. Luego empezó a leer en inglés. Nunca antes había escuchado a mamá hablar así. No pronunciaba las palabras como siempre, y la aspiración de aire había sido cambiada por un sonido suave hecho con la lengua y los labios. Mamá leía muy bajito y yo escuchaba ese idioma extraño que no me decía nada. Después de algunas páginas, de no entender nada le dije a mamá que prefería que me leyera el otro libro de cuentos. Mamá me dijo que cuando supiera inglés podría entender todo y también hablar con ella en ese idioma, para cuando nos quisiéramos decir cosas secretas y no pudiéramos quedarnos a solas. Luego me dio un beso en la frente, acomodó mis sábanas y guardó su libro del pirata. Sacó el otro libro de cuentos, el libro grueso de cubierta de piel negra, y leyó un cuento muy corto. Luego se levantó y me dijo que me tenía que dormir, me dio otro beso en la mejilla y salió del cuarto tras apagar la luz. Se llevó consigo el libro para guardarlo en el escondite que solo ella y yo conocemos. Mamá no quiere que dichos cuentos se pierdan por la casa, dice que es muy importante que los cuide bien y los guarde en ese lugar donde nadie más que yo pueda encontrarlos. Yo no sé si papá sabe de ese libro y de ese escondite, pero no quiero preguntarle para no defraudar a mamá. Una vez pregunté la razón, y su respuesta fue tajante: «En este país no todos leen estos cuentos, a la mayoría de nuestros conocidos no les importa que nosotros los leamos, pero siempre es bueno ser discretos». En mi cara se notó que no entendí nada, imagino, pues mamá insistió: «Cuando seas mayor

entenderás, Dios te ha dado la inteligencia». Le pregunté a mamá si Shaima leía también esos cuentos, y mamá respondió: «No, pero tu Dios y su Dios son el mismo». Ya no pregunté más ese día, pero aun hoy sigo sin entender por qué ese es el único libro que tenemos que ocultar.

No sé si mamá y papá coinciden, papá ama todo tipo de cuentos y de libros. Papá guarda los libros del tío y casi no deja que nadie los toque. A veces, en las fiestas, toma uno de esos libros, casi siempre el que tiene por título *Paraíso de las dunas doradas*, y lee en voz alta pasajes enteros. A veces los invitados aplauden, otras veces los invitados lloran, la mayoría de las veces solo asienten con la cabeza y se ponen tristes, y luego vuelven a sus cafés y las señoras a sus charlas. Supongo que por esos libros papá daría su vida, tal vez solo después de nosotros, creo. Tampoco sé si papá lee el libro de cuentos que mamá y yo leemos por la noche.

Pero decía que mamá me lee por las noches, y a mí me parece que son simplemente cuentos e historias de gente del desierto, viajando de Egipto a Babilonia, luego a Palestina, o Canaán, como se llama ese territorio según el cuento. A veces suceden cosas fantásticas, como cuando un arbusto se prende con fuego y habla con la voz de Dios, o cuando el mar se abre en dos para que la gente pase caminando por su fondo. Uno de los personajes, casi de los primeros, nació en un pueblo no muy lejos de nuestro pueblo, y desde ahí se fue caminando rumbo al oeste para encontrar el lugar que Dios le tenía preparado para fundar un nuevo pueblo. Caminó muchos años, se detuvo en algunas ciudades y ahí vivió mucho tiempo. Pero Dios le decía en su corazón que tenía que seguir caminando

porque tenía que encontrar esa tierra prometida. Dios le había dicho también que cuando llegara a ese lugar le daría un hijo, aunque ya fuese muy viejo. Su esposa sabía lo que decía Dios y no lo creía porque ella también ya era muy vieja. No pensaba que Dios les pudiera dar un hijo, porque tampoco pensaba que Dios pudiera hacer todo lo que quisiera. Pero Dios les decía que siguieran caminando, y así lo hicieron. Cuando por fin llegaron al lugar que Dios les había prometido, tuvo que luchar con otras personas que ya estaban ahí para que le dejaran un terreno donde fundar su ciudad. Y Dios cumplió con su promesa y no solamente le dio un hijo, sino que le dio dos al principio, y luego también otros muchos. Al primer hijo lo tuvo que echar de la casa porque era un hijo que había tenido con la sirvienta de su esposa, y ella se había puesto celosa. Solo quería que prestara atención al hijo que había tenido con ella. Cuando su primer hijo se fue, las cosas mejoraron con su esposa, y también mejoró la relación de su esposa con Dios. Todo parecía ir bien. Pero un día, Dios le habló y le dijo que tenía que llevar a su hijo a una montaña y tenía que sacrificarlo en su honor. Eso lo entristeció mucho. Pero él sabía que Dios siempre había cumplido sus promesas y sabía que no podía pedir algo tan terrible sin que fuera para hacer algo bueno después. Entonces, llevó a su hijo a la montaña para sacrificarlo, pero cuando llegaron allí se les apareció un ángel que le dijo que Dios estaba contento porque lo había obedecido y que ya no tendría que sacrificar a su hijo. El ángel le dijo que por haber obedecido a Dios iba a recibir un premio, el mayor premio que una persona pudiera recibir. Y entonces él regreso con su hijo muy contento, y Dios también fue muy feliz. Esa es la historia de Abraham que mamá me leyó una noche que hacía mucho calor. Ha sido la historia que más me ha gustado.

Las otras historias son entretenidas, y aunque a veces esté cansado, no dejo de escucharlas para no contrariar a mamá y porque me hacen pensar en otras cosas que no sean bombas lloviendo del cielo. Aun así, si yo pudiera escoger, haría que mamá me leyera del libro que el tío me mandó hace unos meses. Es sobre insectos, y eso ahora me interesa mucho más. Soy el único niño que puede hablar sobre los diferentes tipos de arácnidos, y decir que técnicamente no son insectos, de arquípteros, de coleópteros, de dípteros, de lepidópteros. Hace como dos semanas que me aprendí los nombres del índice y desde entonces, Tarek y Faouzi, mis amigos, comenzaron a llamarme el insecto experto, y ahora todos los otros en el pueblo me llaman así. Todos excepto Shaima, que me llama simplemente Da, con un sonido rápido y suave. Me gusta que me llame así, me hace creer que en el fondo de su corazón estoy yo.

5

Años antes, dice papá, hubo otra guerra en el país. De ella no tengo recuerdo alguno. O tal vez sí, un recuerdo. El recuerdo del miedo que todo lo invade. Ese miedo que aun hoy persiste, pero que cada día nuevo logro controlar un poco más. Quizá ese recuerdo sea el mismo recuerdo de Raissa y de Mahdi, no lo sé. Así es cuando se es pequeño.

Sobre esa guerra he escuchado a los adultos decir que fue diferente de esta. Parece ser que en el pueblo nunca pasó nada. Los adultos solo la conocieron por las noticias de la radio, y de vez en cuando leían alguna nota en uno o dos periódicos, pero nada más. Los adultos también dicen que saber sobre esa guerra no era interesante, pues según las pocas noticias que había al respecto, nuestro ejército siempre era el vencedor y eso solo podía ser indicio de que la verdad era ocultada. Nadie sabe bien por qué fue esa guerra o si nuestro ejército iba realmente ganando. Solo sabemos que mucha gente murió y que hoy hay un día para

recordar a todos esos soldados muertos. Yo sé que mi tío estaba en contra de esa guerra, aunque según mi papá eso es normal. Mi tío siempre ha estado en contra de todas las guerras, y yo creo que mi tío tiene razón. Yo también estoy en contra de todas las guerras.

Sobre esa guerra papá dice que en otras ciudades hubo explosiones causadas por las bombas lanzadas desde el otro lado. El otro lado es el país vecino. En la escuela hemos estudiado un poco sobre esa guerra. El profesor de Historia cree que tenemos que saber sobre todas esas cosas porque nos pueden servir para entender mejor nuestro país. Papá está de acuerdo con el profesor de Historia. Pero a mí todo eso me causa confusión, porque esa parte de la historia no se explica en nuestro libro de texto. Intenté preguntar a mamá sobre esas razones y volvió a responderme con su habitual «Cuando seas mayor lo entenderás». La verdad es que cada vez es más difícil saber cuándo soy mayor y cuando no lo soy, supongo que intentaré pensar en eso un día que papá salga a hacer negocios.

En todo caso, esa guerra tuvo lugar y aun hoy nadie sabe quién ganó. En las guerras mamá dice que nunca hay un ganador. A mí todo eso me parece que no tiene mucho sentido. En general, las guerras no tienen sentido. ¿Cómo entender el sentido de las guerras si estas son entre hermanos? ¿O cómo entender que bombas sin nombre ni rostro caigan durante la noche negra y maten a la gente? A veces creo que los soldados hacen las guerras para tener algo en qué entretenerse. Tal vez su vida llena de preparación con las armas y el ejercicio no les sea suficiente. Quizá no se li-

bren del aburrimiento con tomar el té entre los ejercicios, y ni siquiera las partidas de cartas a la puesta del sol resulten suficiente.

Pensando bien las cosas, a veces creo que el que los soldados existan hace necesario que las guerras existan. Todo tiene su lugar y todo tiene su razón de ser, dice papá; entonces, si existen los soldados que aprenden y hacen la guerra, ¿cómo librarnos de la guerra sin despojarnos de esos soldados? Le pregunté a papá sobre esto, sobre que los soldados dejaran de ser soldados, y su respuesta fue como todas las respuestas de todos los adultos, papá dijo: «Son soldados porque tienen que tener una profesión para poder dar de comer a sus familias y mandar a sus hijos a la escuela». Cuando le pregunté a papá por qué los soldados no escogían otra profesión para poder dar de comer y mandar a sus hijos a la escuela, papá respondió que ese era el problema de la economía y que yo era muy pequeño para entender, que cuando fuera mayor entendería. Al final de la conversación no entendí gran cosa y decidí que le preguntaría al profesor de Historia al día siguiente. El profesor de Historia escuchó mi pregunta y dijo que las guerras siempre habían existido porque el hombre era un ser violento, y que la cultura hacía que los hombres fueran menos violentos. El profesor de Historia aseguraba que si los hombres fueran más cultos quizá algún día las guerras dejarían de existir. Le dije que entonces todos los soldados tendrían que ser unos incultos para seguir haciendo la guerra, pero el profesor de Historia ya no quiso responder y me dijo que mejor sobre eso tendría que preguntarle a papá. Creo que mejor le preguntaré a mamá antes de dormir.

El otro día, sin que mamá lo supiera, leí del libro que está bajo su cama. Hay una historia sobre dos hermanos y sobre cómo uno de ellos mata al otro porque piensa que Dios lo prefiere. Un asesinato causado por un simple malentendido. Una muerte causada por celos. Le pregunté a papá sobre los celos y sobre lo que le hacen al hombre. Papá no entendía mi pregunta, al final tuve que hablarle sobre la historia que había leído en el libro de mamá. Papá me dijo que los hombres no se matan por celos, las matanzas se dan por ignorancia, por no saber que el amor de Dios es exactamente igual para cada uno de nosotros, que ese amor está dado siempre en la justa medida, cuanto más lo necesitas más te ama Dios, y cuanto menos lo necesitas menos te ama. Creo que eso sí lo entendí, pero no estoy muy seguro. El amor es otra cosa que me deja confuso. Yo quiero cada día más a Shaima, pero con esta guerra cada vez la veo menos. Eso era justamente al revés de lo que papá decía.

6

Les contaré algo sobre mi tío, el hermano de papá. Hace tres años abandonó el país. Tuvo que hacerlo. De haberse quedado, dice papá, su nombre estaría escrito en alguna lista de desaparecidos, de presos políticos o, lo que sería peor, de mártires de la oposición. Yo no sé quiénes son los mártires de la oposición y nunca he querido preguntar porque creo conocer la respuesta: «Cuando seas mayor entenderás». Además, a mi parecer, el tío nunca se opuso a nada, y cuando pregunto sobre las cosas a las que el tío se oponía, las respuestas de los adultos coinciden en decir: «Tu tío, un gran poeta, no quiso apoyar la última guerra».

Si eso es así, el tío me parece un gran héroe.

Les contaré algo más sobre el tío, sobre cómo el tío abandonó el país, pues es algo que al contarlo pudiera parecer fácil de hacer, pero que en realidad no lo es. Un día, nadie estaba enterado de sus planes, ni siquiera papá, el tío logró viajar hasta la frontera junto a una caravana de comercian-

tes y otros tantos señores que pensaban igual que él. Dice papá que en nuestro país las caravanas de comerciantes siempre han sido la mejor manera para fugarse y para conseguir todas las cosas que uno necesita. Dice que nuestro país inventó las caravanas de comerciantes, y eso me parece cierto. Hasta en el libro de cuentos de mamá hay caravanas de comerciantes. El mismo Abraham tenía una caravana y llevaba a todos sus animales por todos lados y llevaba también muchas cosas para vender. Además de ser amigo de Dios, parece ser que Abraham era un muy buen comerciante. Pero les decía del tío que se fue con la caravana y con otros de sus compañeros. Supongo que se tuvo que disfrazar de comerciante y usar una chilaba. La chilaba es como un vestido largo de una sola pieza que se usa para cuando se está en el desierto. Es un atuendo muy fresco y protege bien contra la arena. Al tío no le gusta usar mucho la chilaba, prefiere usar trajes y ponerse corbata, incluso cuando hace calor. El tío siempre viste de traje y sus corbatas son de seda muy fina. Las compra en el zoco y casi siempre las traen desde otro país. Son cosas caras, pero el tío nunca ha regateado dinero cuando se trata de sus vestimentas. Eso siempre fue una gran disputa con papá, que es afecto al sentido práctico de las cosas y que piensa que el dinero es algo que se debe usar con tacto y mesura. El tío, sin embargo, compraba sus trajes y sus corbatas sin fijarse mucho en el precio de las prendas, y solo ponía atención a su gusto y a la calidad de las telas y de la confección. El tío solía decir que un buen traje de lana inglesa hecho por manos expertas no tenía precio. Claro es que como aquí en el país hace bastante calor en los veranos, el

tío no compraba muchos trajes de lana inglesa y sí procuraba tener varios de cachemir más ligero para usar a diario. El tío prefería los trajes de color azul marino, porque decía que los negros eran muy calientes y que se usaban en otros países para los momentos de luto. Al tío el color negro le sentaba bien, y además le parecía muy elegante, pero como se regía por su sentido muy personal de la moda, no lo usaba muy a menudo. En cambio, los trajes de color azul marino eran igual de elegantes que los negros pero se podían usar en todas las circunstancias y siempre, decía el tío, uno se encontraba bien vestido. Además, el traje azul marino hacía que sus ojos azules parecieran aún más azules y le resaltaban lo claro de su cabello. El tío tenía el cabello de un color castaño claro con algunos brillos también muy claros. Siempre usaba una gomina especial que compraba en el zoco para peinárselo hacia atrás y para que le brillara más. Muchas mujeres, decía mamá, estaban locas por el cabello del tío, pero yo no entendía cómo alguien podía estar loco por el cabello de alguien. Papá tenía el cabello muy negro y brillante. Tenía demasiado cabello y una barba muy cerrada. Papá casi siempre se afeitaba la barba pero se dejaba el bigote. En el caso del tío, él se dejaba la barba y también el bigote, aunque siempre tenía ambos bien peinados. Me imagino que en el caso de papá, era mamá la que estaba loca por su cabello, porque siempre podía verlos, cuando estaban sentados juntos viendo la televisión o cuando papá leía el periódico o escuchaba la radio, que mamá le acariciaba el cabello. Además, mamá siempre quería peinar a papá, y era ella también la que le cortaba el cabello. En una ocasión papá también dejó que

mamá lo afeitara, pero mamá se descuidó un poquito y cortó a papá, no era un corte grande o profundo, pero le salió mucha sangre, y aunque mamá estuvo una semana pidiendo perdón, hasta le preparó todas sus comidas favoritas, papá nunca la ha dejado afeitarlo nuevamente. Papá también tenía los ojos de color azul, pero el azul de los ojos de papá era un azul muy oscuro, como el de los trajes del tío, y solo en ciertas ocasiones, como cuando estaba contento, o cuando la luz del sol le daba con ciertos ángulos, los ojos le brillaban como con muchas luces. Los ojos del tío eran en cambio de un azul muy claro, casi transparente, parecían estar hechos de agua. Sus ojos eran un círculo de blanco, luego un círculo como de agua muy limpia y luego un círculo negro pequeño. Además, el tío tenía ojos grandes y pestañas y cejas muy pobladas, del mismo color que el cabello, por lo que su mirada parecía estar enmarcada por una cortina de un marrón muy bello. Incluso a mí me gustaban los ojos del tío y solo Raissa parecía haberlos heredado. Raissa iba a ser una niña que volvería locos a muchos hombres cuando fuera mayor.

7

Pero les quería contar cómo el tío cruzó la frontera por Jordania y me he puesto a hablar de sus ojos y de sus trajes. Creo que era importante porque estoy seguro de que el tío, de no ser poeta, habría sido uno de esos señores que salen en las películas y de los cuales mi mamá está enamorada. Una vez le pregunté a mamá si no estaba enamorada de papá, y mamá me contestó que del hombre de quien más estaba enamorada era precisamente de papá, que los otros señores de las películas eran solo como enamoramientos de mentira, o para hacerse ilusiones y para charlar con sus amigas. De todas maneras, como mamá no conoce a ninguno de esos señores, no creo que papá tenga que preocuparse mucho.

Bueno, les estaba contando cómo el tío había cruzado la frontera hacia Jordania. Parece ser que todo comenzó cuando el tío y algunos de los otros escritores, que junto con el tío formaban parte de un diario que fue clausurado hace algunos años, empezaron a tener problemas con la

policía. Lo primero que pasó fue que el tío un día recibió una llamada para que se presentara en la comisaría. No le dijeron por qué tenía que presentarse ni cuánto tiempo estaría ahí. Solo le dijeron que lo estarían esperando por la tarde y que no debía faltar. El tío se presentó por la tarde y estuvo en la policía al menos tres horas. Después lo dejaron salir, no sin antes tener que pagar una multa de quinientos dinares. Por la noche, el tío vino a hablar con papá. Estuvieron hablando mucho tiempo en la cocina. Al principio mamá estuvo con ellos, pero luego cuando se dieron cuenta de que yo estaba escuchándolos detrás de la puerta, mamá decidió dejarlos hablando solos y se dedicó a leerme el libro de los cuentos. No quiso responderme a ninguna de las preguntas que le hice y no quiso contarme más sobre lo que había escuchado. La verdad es que yo tuve la culpa, porque debí haberme puesto los botines, pero como siempre me da pereza hacerlo bajé las escaleras descalzo y me puse a escuchar detrás de la puerta. El problema es que el suelo siempre está frío y cuando ando descalzo termino siempre por enfermarme de la garganta. En esa ocasión no me enfermé, pero terminé estornudando. Fue ahí cuando las voces de papá y del tío se callaron y oí que una silla se arrastraba, y antes de saber quién era me levanté y regresé corriendo por las escaleras, entré en mi cuarto, me metí en la cama y me hice el dormido. Mamá subió lentamente las escaleras sin encender las luces, luego sin hacer ruido entró en mi cuarto, se acercó a mi cama y sin fijarse si yo estaba dormido o despierto me dijo que era de mala educación espiar a los adultos, luego encendió la lamparita que está en la mesa junto a mi cama y me encontró con los

ojos bien abiertos. Me dijo que no me preocupara de nada y que me leería un cuento para que pudiera dormirme.

Sobre esa conversación papá tampoco ha querido contarme nada. Al día siguiente, después de regresar de la escuela fui a verlo al cuarto donde tiene su escritorio. Papá estaba escribiendo en un cuaderno y parecía muy concentrado. Cuando entré papá siguió escribiendo y luego dejó la pluma a un lado y cerró el cuaderno, abrió el cajón de su escritorio, guardó ahí el cuaderno y la pluma y luego cerró el cajón, le echó la llave y se la guardó en el bolsillo de la chaqueta. Luego volvió la mirada y me dijo que pasara, que me sentara y le contara cómo me había ido en la escuela. Después de decirle lo que el maestro de historia nos había dicho en clase (que teníamos que estudiar mucho porque la vida en el país se iba a poner muy difícil en el futuro, a lo cual mi papá dijo que el maestro tenía razón y que me iba a dar un libro para que lo leyera porque me iba a servir), papá se me quedó mirando y dijo: «Me imagino que vienes a preguntarme por lo de tu tío, ¿verdad?». Yo guardé silencio, bajé la mirada y solo después de reunir un poco de valor le respondí que sí, que quería que me contara la conversación que había tenido con el tío. Papá me dijo que esa conversación era privada y que si lo hacía rompería su promesa de guardar un secreto, además de que había muchas cosas que yo no podría entender. En un arrebato de enojo, casi gritando, le dije a papá: «Yo entiendo más de lo que vosotros creéis, ¿por qué no me pruebas?», tras lo cual papá guardó silencio y se me quedó mirando de una manera muy seria. «Está bien, te voy a contar lo que tu tío y yo hemos hablado si me explicas de qué trata el siguiente poema» y después de decir eso se levantó de su

silla y fue hacia la librería donde tenía los libros del tío, tomó el segundo libro que fue publicado, el que lleva por título *Los hombres de arena y de silencio*, y buscó en el libro hasta que encontró una página que estaba marcada con lápices de muchos colores. Papá regresó a su asiento y tras beber del vaso de agua que tenía frente a él, me leyó el siguiente poema:

Nuestra justicia es tu nombre,
nuestra felicidad es tu sonrisa,
nuestro honor tu promesa,
nuestra esperanza tu paz.

Escucha nuestros clamores,
somos hombres de arena,
barridos por la soledad,
por vientos negros del engaño.

De noche nos visitas,
nos pruebas al crisol,
nos encuentras inocentes.
¿Qué pasa entonces?
Caímos en una desgracia que no es nuestra
prisioneros de una estrella perdida para siempre.

Libéranos.
Tú eres la justicia y nuestra esperanza.
Tú eres el amor del que la vida nace.
Tú eres la explosión de música cuando acaba nuestro silencio.
Ven pronto, no tardes.

Papá terminó de leer y dejó el libro sobre la mesa. Luego bebió nuevamente de su vaso con agua y me preguntó: «¿Qué has entendido en este poema?».

Me quedé mirando al suelo durante un minuto, luego papá me preguntó otra vez lo que había entendido. Le pedí que me lo leyera otra vez. Papá tomó el libro y buscó otra vez la página llena de marcas de colores, me miró y luego comenzó otra vez a leer el poema, muy lentamente, con una voz fuerte pero llena de tristeza, y cuando terminó de leer, antes de que pudiera decir nada, se levantó y se dirigió hacia la librería y colocó el libro del tío en el lugar de donde antes lo había tomado. Papá volvió a preguntarme lo que había entendido. Le dije que en el poema alguien le pedía a alguien que viniera pronto, que ya no quería que tardara más. Papá giró el cuerpo y me dijo: «¿Y quién es ese alguien que llama, y quién es ese a quien llaman?». Le dije que no sabía quiénes eran esos del poema, le dije que algún señor que le hablaba a otro, le dije que tal vez era el tío el que estaba llamando a otro y que a lo mejor ese otro era uno de sus amigos escritores. Papá me miró nuevamente con mucha seriedad, luego volvió a su sitio y ya sentado me preguntó si de verdad pensaba que era el tío llamando a uno de sus amigos. «El tío fue quien escribió el poema, entonces tiene que ser él quien está llamando». Papá dijo entonces: «Pero el poema está escrito en plural, debe de ser más de una persona la que está llamando a otra, o a otras, ¿quiénes son los que llaman y a quién llaman?»; respondí que entonces eran el tío y sus amigos escritores los que llamaban, así solucionaba lo del plural, pero que no sabía a quién llamaban. Papá me preguntó si

sabía cuál era la estrella perdida para la eternidad. De todo el poema, esa era la línea que más me gustaba pero que menos entendía, quizá por eso me gustaba tanto. Le dije que no conocía el nombre de las estrellas y que por eso no le podía decir cuál era esa estrella. Papá soltó una carcajada sonora, se rio tanto que hasta una lágrima le escurrió de los ojos. Mamá abrió la puerta del cuarto: «¿Todo está bien?», preguntó. Papá dijo: «Todo está bien querida, solo que nuestro hijo por ser tan inteligente se va a meter en peores problemas de los que está su tío». Intenté disimular cuando escuché eso, y con esa pista que se le había escapado a papá pensé para mis adentros: «Así que el tío está en problemas, pero ¿qué tipo de problemas puede tener el tío? Intenta sacarle eso a papá». Mamá dijo: «Está bien, voy a preparar un té, cuando termine os llamo, voy a telefonear a la señora Barzani para que venga a tomar el té con nosotros». «Es una excelente idea, amor, ahora acabo con Dalil». Mamá salió y yo me quedé pensando en la señora Barzani, y sobre todo en su hija, que era la niña más hermosa que he conocido. No la había visto desde el último bombardeo, que había sido como hacía una semana. Decidí que tendría que posponer mi charla con papá para irme a arreglar un poco, al menos me iba a peinar. No quería que Shaima me viera con esas fachas.

Papá continuó preguntándome por la estrella, pero mis pensamientos ya se habían alejado mucho del poema. Papá notó que ya no le estaba haciendo caso, y me dijo «¿Ya no vas a querer saber nada más de mi conversación con tu tío?». Le dije que estaba bien si no me quería contar nada, a fin de cuentas, entendía que fuese un secreto. Papá me

miró de manera muy extraña y luego me dijo: «Quizá otro día te cuente más, ahora vete a peinar porque sabes que a mamá no le gusta que los vecinos te vean con ese cabello tan desgreñado». Accedí y salí, casi corriendo, del cuarto, me dirigí al baño y con un peine intenté peinarme. En el espejo probé de distintas formas, con el cabello hacia un lado, hacia el otro, con una línea en medio, y luego me decidí por un peinado como el de mi tío, cogí de las cosas de mamá una crema para las manos y me unté el cabello con ella, luego me peiné hacia atrás hasta que todo el cabello quedó aplastado y reluciente. En el espejo creí haber visto al mismísimo tío.

Cuando terminé de prepararme para ver a Shaima, me acordé de que les estaba contando cómo el tío cruzó la frontera. Esa es una historia muy entretenida, con muchas aventuras. A papá, que el tío cruzara la frontera le produjo un sentimiento agridulce. Estaba contento, por un lado, porque el tío ya no iba a tener problemas con los de la policía, pero estaba triste, por el otro, porque no sabía cuándo lo volveríamos a ver. La cosa es que ahora con Shaima en camino, y su mamá también, para tomar un té con nosotros, los nervios se me hacen trizas, peor que cuando caen bombas del cielo, y no les puedo contar más por ahora porque de seguro me haría un lío. La historia del tío merece ser contada con calma.

Antes de salir del baño me pregunté por qué los nervios se me ponían así. La sensación era aún peor que cuando el pueblo es bombardeado, aunque mil veces más agradable. Era como si una mano suave y tierna estuviera jugando con mi estómago, haciéndole cosquillas o algo por

el estilo, quizá con una pluma de un faisán. Mi estómago temblaba y se contorsionaba, y yo sentía como un calor muy suave crecer ahí adentro. También empezaba a sudar y casi me daban mareos. Volví para mirarme una última vez en el espejo y vi mi nuevo peinado. Se veía bien, pero ya no pude ver al tío en el reflejo, solo vi a un niño de trece años muerto de miedo porque la niña más hermosa del mundo vendría a su casa a tomar el té. El tío, estoy seguro, jamás hubiera tenido miedo por algo tan bello como el amor.

8

Shaima y su mamá, la señora Barzani, llegaron minutos después. Yo estaba en mi cuarto sentado en mi cama pensando en las cosas que le diría a Shaima. No quería moverme mucho para no sudar más, pero empezaba a resultar inútil porque sin saber por qué ya me estaban sudando la frente y las manos, y la crema del cabello, quizá por el calor, comenzaba a derretirse y a escurrirse. Mi peinado seguía todavía en su lugar pero corría el riesgo de hacerse una gelatina aguada y dejarme en ridículo. Escuché que llamaban a la puerta y mi corazón dio un brinco hasta el techo. Fue tan fuerte su brinco que sentí que se me salía y tuve que tomar aire tres veces para tranquilizarme. Oí cómo mamá caminaba y abría la puerta y luego saludaba a la señora Barzani y la invitaba a pasar. Escuché también a mamá decirle a Shaima que yo estaba arriba y que en seguida iba a bajar a charlar con ella. Shaima habló tan bajito que no pude escuchar lo que decía y lamenté no tener

oídos como de perro para escuchar su voz. Luego mamá fue a llamar a papá, que se encontraba todavía en su despacho, y luego subió para decirme que la señora Barzani ya había llegado y que bajara a hablar con Shaima. Mamá salió de mi habitación y fue a buscar a Raissa y Mahdi, pero Mahdi estaba dormido y entonces mamá lo dejó dormir, solo lo tapó con su manta. En ese momento quise ser Mahdi y quedarme así dormido para no tener más esa sensación que estrujaba mi estómago. Mamá me vio en el umbral de la puerta y me echó una mirada como diciendo: «Te dije que bajaras a charlar con Shaima, es de mala educación hacer esperar a una niña», y sin que me lo pidiera nuevamente me di la vuelta y bajé las escaleras, todo tembloroso, hasta que llegué abajo y saludé a la señora Barzani que estaba en la sala de la casa y a Shaima que estaba a su lado.

Papá salió de su despacho y se acercó para saludar a la señora Barzani. Por un momento pensé que estaba salvado, que papá ya se encargaría de hablar y dirigir la conversación. Papá le dijo a la señora Barzani, después de preguntarle cómo estaba, que no tendría que preocuparse por nada, que cualquier cosa que se le ofreciera no tenía más que solicitarlo, que él buscaría la mejor manera de ayudarla. Yo estaba como petrificado en medio de la sala, haciendo como que seguía la conversación entre papá y la señora Barzani. Veía de reojo que Shaima no me quitaba la vista de encima y solo esperaba que aún siguiera bien peinado y que dejara de sudar. Mamá bajó las escaleras con Raissa en los brazos y cuando estuvo abajo, la señora Barzani se levantó y se ofreció a ayudarle a servir el té. Ella y mamá se

metieron a la cocina, mamá aun llevaba en brazos a Raissa, y papá entonces dijo que iría con el señor Mutanabbi a comprar unos dulces de miel para acompañar el té.

Shaima y yo nos quedamos solos en la sala, la primera vez que eso sucedía en mi vida, y yo seguía petrificado sin saber qué decir. No quería cometer ningún error, porque esta era la primera oportunidad que tenía para decirle que la quería. En eso Shaima habló y dijo: «Me gusta tu nuevo peinado, estás muy guapo», y eso me pilló tan desprevenido que empecé a sentirme como caminando sobre las nubes, mi cuerpo se sentía muy ligero, hecho de aire, y yo caminaba por esas nubes blancas y gordas y me repetía a mí mismo las palabras de Shaima: «Estás muy guapo, estás muy guapo, estás muy guapo...». De pronto, dejé de sentirme ligero y sentí como un dolor en el costado. Lo otro que recuerdo es a mamá y la señora Barzani y Shaima mirándome con aire preocupado y todas estaban de rodillas, yo veía el techo y no sabía por qué estaba tumbado en el suelo. Luego mamá habló y fue ahí cuando lo entendí todo: «Creo que se ha desmayado», y luego escuché decir a la señora Barzani: «Con tanto calor que hace el niño se ha desmayado, no hay más que ver cómo está sudando». Y antes de cerrar nuevamente los ojos como para desaparecer, solo alcancé a escuchar la voz de Shaima que me decía, casi en secreto: «Vas a estar muy guapo, vas a estar bien» y con esas palabras me perdía nuevamente y todo se volvía como negro y nublado.

9

Cuando desperté estaba acostado en mi cama vestido solo con un pantalón corto y una camiseta ligera y tenía un paño mojado y frío sobre la frente. Me lo quité y lo puse en la mesita junto a la cama, luego me levanté lentamente y fui a buscar a mamá. Ella estaba en su cuarto leyendo un libro de emergencias médicas. Mamá me vio y se levantó de un brinco y me tomó en brazos y me llevó a su cama. «Todo está bien, parece que solo fue un desmayo por el calor» me dijo, y luego agregó: «Dice el doctor que tienes que tomar mucha agua». Le pregunté por la señora Barzani y por Shaima. Mamá me dijo que después de desmayarme, la señora Barzani y Shaima la habían ayudado a subirme a mi cuarto y a quitarme la ropa para que se me quitara el calor; luego la señora Barzani me había limpiado el cuerpo cubierto de sudor con un paño. Casi vuelvo a desmayarme cuando me di cuenta de que Shaima me había visto casi desnudo. Mi mamá dijo que Shaima había si-

do quien me había colocado el paño mojado en la frente, porque en su escuela había visto una vez a la enfermera hacerlo así cuando un niño había tenido un desmayo similar. Ya después, Shaima y su mamá se habían marchado para no estorbar cuando el doctor llegara, y mamá les había dado tanto té como dulces de miel para llevar. Papá había llegado con los dulces y después de enterarse de lo que me había sucedido llamó al doctor para que viniera a verme de urgencia.

Le dije a mamá que sentía mucho que la señora Barzani se hubiera tenido que marchar, y mamá me dijo que no había problema, ya en otra ocasión vendrían a tomar el té con nosotros. «Lo que importa ahora es que te pongas bien» dijo mamá, y luego cerró su libro y fue por otro paño mojado para colocármelo en la frente otra vez. Yo lo único que quería en ese momento era ver otra vez a Shaima para que viera que todo estaba bien y que era un niño fuerte y valiente, no ese niño que sudaba porque el estómago se le revolvía y se desmayaba porque la niña que quería le había dicho que le gustaba mucho su nuevo peinado.

10

Ahora que estoy convaleciente, según dice mi mamá, y que tengo, por orden del médico, que guardar reposo durante al menos lo que queda de esta tarde, terminaré de contarles la escapada del tío. Creo que ya les he hecho esperar suficiente.

El tío se fue del país bajo el escudo de una caravana de comerciantes, como ya saben. La parte importante es que el tío, para cruzar la frontera, terminó haciéndose pasar por otro hombre. Para esto presentó unos documentos falsos que uno de sus amigos escritores le había conseguido a cambio de tres mil dinares. Los documentos oficiales del tío los llevaba escondidos bajo la ropa, en una bolsa que había cosido al interior de la chilaba. El tío se había comprado en el zoco una chilaba de color negro, que si bien se usaba más para eventos especiales y no tanto para viajar por el desierto en una caravana, sí brindaba la seguridad de ser menos transparente y ocultar mejor esa bolsa secreta.

Junto con el tío se fue también su amigo Abdel Wahab Al-Bayatti, otro poeta que papá también lee en algunas ocasiones. Una vez que cruzaron la frontera de Jordania, gracias a algunos contactos pudieron llegar hasta Amman, la capital de ese país, y pasar la noche ahí. Al día siguiente, a pesar del cansancio del viaje para llegar a la frontera, junto con otros compañeros que ya habían llegado una semana antes, viajaron en coche hacia el norte y cruzaron, nuevamente con los papeles falsos, hacia Siria. Llegaron a Damasco, capital de Siria, por la noche y fueron recibidos por un grupo de disidentes políticos. Ahí cenaron y durmieron. Al día siguiente, en otro coche, salieron rumbo a otro país y se dirigieron hasta una ciudad que se llama Beirut, en un país que se llama Líbano. En esa ciudad vivió un tiempo, en la casa de otro de sus amigos, el señor Stetie. Él es otro poeta que papá lee con frecuencia y creo haber visto uno de sus libros en la librería de papá. Cuando papá llegue, le pediré que me lo enseñe para leerles uno de sus poemas.

Después de un mes, el tío se separó de sus amigos y subió a bordo de un barco que lo llevaría a otro país aún más lejano.

Durante los tres meses que siguieron a la partida del tío no tuvimos noticia alguna de él. Ese periodo fue muy difícil para papá. Mamá intentaba consolarlo todas las noches, pero papá estaba inconsolable. Su único hermano, su hermano mayor, había desaparecido de la faz de la tierra sin dejar rastro alguno. Supongo que papá pensaba en lo peor. Recorrió toda la ciudad, visitó todos los hospitales, todas las prisiones, todos los depósitos de cadáveres, ha-

bló con todos los conocidos, soltó mucho dinero para conseguir cualquier información sobre el tío, fue a la capital. Nadie sabía nada. Las cosas parecían hacer pensar lo peor y papá, a pesar de su tristeza, quizá para salir de ella, regresó a los negocios con más empeño que antes; había tal urgencia por sacar adelante su negocio y hacerse con dinero que empezó a salir desde temprano y a regresar muy tarde por la noche. Mis charlas con él se hicieron cada vez más cortas, y ya no tenía tiempo para preguntarle sobre la conversación que había tenido con el tío, o sobre cómo un hombre tenía que hacerle saber a una mujer que la quería.

Pero después, cuando nuestras esperanzas estaban casi por los suelos, las noticias del tío llegaron por medio de una llamada telefónica breve un domingo. Mamá contestó al teléfono y no supo qué responder tras escuchar la voz del tío; solo pudo pasar el teléfono a papá, que ya había palidecido hasta parecer un fantasma. Papá sostuvo el teléfono con una mano temblorosa, y tras hacer una seña para que nos calláramos, se dispuso a escuchar la voz espectral de alguien que habla desde otra realidad. Papá colgó el teléfono con un movimiento extremadamente lento, casi intentando prolongar ese momento, extenderlo a lo largo de la línea del tiempo, modelarlo para que su duración se eternizara y luego, cuando por fin colocó el teléfono sobre su base, con una voz que no conocíamos pero que empezaba a mostrar alivio profundo, anunció que el tío estaba bien y que ahora vivía en Francia.

11

Días después de esa llamada, papá me enseñó en un mapa dónde está Francia. Me asusté mucho cuando vi la distancia entre el tío y nosotros. No lograba imaginarme cómo podríamos hacer para visitarlo pronto.

En ocasiones, el tío llama por teléfono y papá y él discuten largo tiempo. A veces, las discusiones se tornan acaloradas, y otras veces papá está al borde de las lágrimas. A papá no le gusta que estemos con él cuando habla por teléfono con el tío, porque no le gusta que lo veamos llorar, por eso ahora se encierra en su despacho y solo cuando la conversación acaba, papá sale y nos anuncia las noticias del tío. Así fue como me enteré de cómo el tío abandonó el país.

Cuando papá me contó cómo el tío abandonó el país, se sentó y colocó el mapa en su escritorio, luego me dijo que acercara mi silla y prestara mucha atención porque solo me lo contaría una vez. Tomó un lápiz rojo y comenzó su relato.

De tanto en tanto hacía una línea en el mapa para que yo viera el avance del tío. En el mapa vi cómo el tío había recorrido todo el desierto oeste del país, un lugar que yo no conocía ni en fotos y que imaginaba aun más lleno de arena que los alrededores del pueblo. Me imaginaba que el tío había pasado calores insoportables en el desierto y que seguramente se había quemado mucho con tanto sol. Mi papá me contó que en esa parte del país ahora no estaba haciendo tanto calor y que al contrario, el tío seguramente había tenido mucho frío por las noches. Luego me habló un poco de Jordania y de Siria y de Líbano y de cómo esos países, al igual que el nuestro, alguna vez habían estado sometidos al control de otro país que estaba muy lejos, aún más lejos que Francia, y que se llamaba Inglaterra. En el mapa, papá me enseñó Inglaterra y vi que era un país muy pequeño, lejos de todo y rodeado de mar. No entendía cómo un país tan pequeño y tan lejano había podido controlar a todos esos países tan grandes, y menos podía entender por qué. Papá me dijo que porque los ingleses tenían más armas y porque necesitaban mucho petróleo para pelear en una guerra que tenían en Europa. «O sea, ¿que para pelear en su guerra en Europa vinieron a hacer la guerra aquí para quedarse con el petróleo y seguir peleando allí y aquí?», le pregunté a papá. «Algo por el estilo, cuando estudies la historia universal entenderás por qué fue así». Lo único que entendía por el momento es que la guerra parecía reproducirse por sí sola y que no había en todo el mundo fuerzas suficientes para detenerla para siempre. Las cosas en el mundo estaban muy mal, y aquí en el pueblo todo estaba aún peor ahora que el tío ya no estaba.

12

Desde que empezó la invasión, o el bombardeo, como lo llaman aquí en el pueblo, el tío no ha llamado. No es culpa suya, las líneas sufren fallos intermitentes y hay días en que el teléfono parece muerto. Aun así, el tío envía esporádicamente un paquete con cosas. El paquete siempre contiene chocolates, conservas, cartas, libros y un regalo para cada uno de nosotros. El último paquete llegó ya hace tres semanas. Mi regalo, el ya mencionado libro sobre los insectos en cuya portada pone, escrito en francés, *Musée d'Histoire Naturelle,* y la caja para almacenar los insectos que logre capturar. El tío tuvo a bien hacer algunas anotaciones en nuestra lengua sobre el texto escrito en francés para que yo pudiera entenderlo. El tío escribió las traducciones en los márgenes. Sin eso, probablemente yo todavía no sabría tanto sobre los insectos como sé ahora y solo me hubiera contentado con mirar las imágenes. Papá prometió que cuando tenga tiempo me enseñará ese otro

abecedario para que después yo pueda aprender a hablar francés y lea todo el libro y todas las partes que el tío no pudo traducir. Papá dice que ese abecedario se usa en muchos otros países del mundo y en todo el territorio que rodea a Francia. El libro de cuentos de piratas que tiene mamá también usa ese abecedario, pero las palabras y cómo están colocadas las letras es diferente. Una vez me puse a compararlos y solo en una ocasión encontré una palabra que pudiera parecerse. Mamá me vio haciendo esas comparaciones y me dijo que estaba muy bien que yo quisiera aprender tanto inglés como francés, pero que tendría que hacerlo uno por uno y no los dos al mismo tiempo. Ya no quise explicar a mamá que solo estaba comparando los dos idiomas.

Ahora, aparte de los insectos, lo que más me interesa es aprender a trazar esos signos. A veces, sin que nadie me vea, utilizo mi cuaderno azul y en él trazo cuidadosamente los círculos y los palitos de cada una de las letras. Primero empiezo con tres palos en forma de triángulo, cuando los hago forman esta figura: «A». Luego un palo y dos medios círculos, uno encima del otro, así: «B». Mamá me descubrió un día haciendo esos ejercicios y me dijo que no debía hacerlo en el cuaderno de la escuela. Dijo que otras personas podrían no estar de acuerdo con que yo aprendiera a escribir ese abecedario. Por eso ahora solo lo hago en el cuaderno de matemáticas. Si el profesor descubre mis trazos solo tendré que decir que intentaba avanzar en los ejercicios de geometría.

Hace dos días, justo antes del inicio de un bombardeo, escuché una conversación entre mamá y papá.

Discutían sobre abandonar el país. Papá quiere ir con el tío. Mamá tiene miedo. Supongo que el miedo es por Raissa y por Mahdi, en cualquier caso no es por mí, porque yo ya soy un niño mayor que se sabe cuidar solo. A fin de cuentas, se hará como papá diga, es él quien tiene la última palabra.

He estado pensando sobre eso de abandonar el país. Si me lo preguntan no sabría qué responder. Por un lado, ver al tío me hace ilusión. La carta que me escribió habla sobre el museo donde compró mi libro y sobre toda una sala dedicada a la colección de insectos de todos los tamaños y de todos los colores y formas. Algunos, dice, son bonitos, otros, al contrario, le parecieron horrorosos. Otros incluso repugnantes. El tío dice que los mejores insectos son unos llamados mariposas, pues al principio son como gusanos y después son como pájaros. Yo nunca he visto una mariposa. Supongo que esos animales no viven en el desierto. Hace demasiado calor y casi no hay agua. Aun para nosotros es difícil vivir en estas zonas, y eso a pesar de que estamos acostumbrados. Si me preguntan sobre eso, tampoco sé por qué los hombres vivimos aquí, o por qué alguien quería vivir aquí. Esas bombas que caen por las noches solo agrietan el suelo, de por sí ya agrietado por el sol. Me pregunto si tiene que ver con la historia, o con el petróleo; tendré que preguntarle un día a papá. Yo solo sé que aquí nací, y que si no hubiese sido de esa forma no conocería a Shaima. Conocer a Shaima bien vale vivir en un lugar tan difícil y desagradable.

Pero les hablaba sobre la conversación de papá y de mamá sobre abandonar el país. Por otro lado, todo eso me produce tristeza. Pensar que ya no jugaría con Tarek o Faouzi me parte el corazón. Sobre todo pensar que dejaría de ver los ojos de Shaima me hace llorar.

Supongo que llegado el día preguntaré a papá y a mamá si Shaima puede venir con nosotros. A lo mejor ella también quiere conocer a las mariposas.

13

Cuando es de día y las alarmas están calladas, mamá me deja salir a jugar a la pelota con Tarek y Faouzi. Ellos dos son mis mejores amigos, creo que ya se lo he contado.

Tarek estaba en mi clase y Faouzi estaba en otra, pero nos juntábamos en el recreo a jugar con el balón. A Tarek lo que más le gusta es dibujar. Sus cuadernos solo contienen dibujos. Nada de lecciones ni sumas ni restas. Solo dibujos. Si mamá viera el cuaderno de Tarek, con todos esos monitos y todos esos paisajes que dibuja, con todos esos dibujos de aviones y soldados y bebés despedazados, tal vez no se preocuparía tanto por mis signos del otro abecedario. En comparación con esos dibujos, lo mío es poca cosa. A Faouzi lo que le gusta es jugar a la pelota. Faouzi dice que cuando la guerra acabe y la tranquilidad vuelva, lo único que va a hacer será jugar todo el día con el balón. Dice que hará un equipo en la escuela y solo se dedicarán a entrenar para los partidos importantes, que ya no van a ir

a clase de lengua ni de matemáticas. Yo no estoy seguro de que sus papás estén de acuerdo con esa decisión; a mamá le daría un ataque si le dijera que solo voy a jugar a la pelota, pero la verdad es que Faouzi puede ser muy obstinado con sus ideas cuando se lo propone. La última vez que tuvo una de esas ideas y se puso cabezón dejó de comer hasta que su papá le consiguió en el zoco el balón con el que jugamos. Ese balón es lo más preciado que hay en su vida.

Un día estábamos jugando y otro niño, la verdad es que no recuerdo quién, dio una patada al balón con tanta fuerza y tanto desatino que este salió volando y fue a parar al otro lado de un muro. A Faouzi casi le da un ataque. Primero fue a reclamar al niño que había chutado el balón, para que fuese a buscarlo. El niño y Faouzi comenzaron a discutir y el niño no quería ir por el balón, y Faouzi se ponía de color rojo y las lágrimas estaban a punto de brotarle. Su discusión se hizo tan fuerte que ya casi iban a liarse a golpes. Luego papá, que imagino nos miraba desde la ventana de la casa, salió y nos dijo: «No deberíais pelear por una pelota, por muy importante que esta sea no deja de ser una pelota, un objeto que puede reemplazarse por otro sin ningún problema» y luego agregó: «Basta con que alguien dé la vuelta al muro y recoja la pelota y regrese con ella». Cuando papá vio que nadie quería ir a por la pelota dijo: «O entre todos, como un buen equipo, podéis ayudar a uno de vosotros a trepar el muro para que en lugar de dar la vuelta entera, simplemente salte y recupere el balón». La verdad es que lo que papá decía era de lo más sencillo y seguramente a nosotros se nos hubiera ocurrido, pero estábamos viendo todo como si fuese un gran problema y no veíamos la posible solución.

Simplemente, como si fuese parte del juego, habíamos causado un gran drama, gritado, hecho aspavientos e incluso nos habíamos liado a golpes, cuando la otra solución, la de papá, la de recuperar el balón rápidamente y continuar con el partido, por más normal y sencilla que fuese, era la mejor. Cabizbajo, el niño que había golpeado el balón, caminó y franqueó a lo lejos el muro y después de dos minutos regresó con el balón sano y salvo. Se lo entregó a Faouzi y este le dio las gracias y le ofreció un abrazo, y luego todos seguimos jugando como si nada. ¿Por qué escogemos a veces las soluciones difíciles? Papá dice que eso pasa cuando se es inmaduro. Quizá tenga razón.

14

Otro día estábamos nuevamente los tres juntos, ahora simplemente arrojando piedras a un charco de barro que se había formado en uno de los cráteres que una bomba había producido. De pronto escuchamos el rugido de motores y luego el aullido del metal cayendo. El último bombardeo nos pilló desprevenidos. Ni Tarek ni Faouzi pudieron volver a sus casas para esconderse de las bombas y tuvieron que venir a la mía. A papá no le importa que otras personas vengan a esconderse con nosotros, dice que hay sitio para todos. De todas formas es cierto, nuestra casa es la más grande de la calle.

El caso es que durante todo el bombardeo, Faouzi no dejó en ningún momento de abrazar su balón. Así como mamá abrazaba a Raissa y a Mahdi y papá abrazaba a mamá, Faouzi arropaba su balón con su cuerpo. Tarek y yo pensamos que Faouzi es como el papá del balón.

Ni Tarek ni Faouzi conocen los planes de papá para abandonar al país. De todas formas, no creo que sea bueno contárselo. No ahora en todo caso. No quiero que lloren por las noches como lo hago yo cuando pienso en eso. Supongo que ellos no podrían abandonar el país como nosotros podríamos hacerlo. Papá dice que para abandonar el país se requiere mucho dinero y muchos amigos que echen una mano. El papá de Tarek conduce un taxi y con eso de los bombardeos su trabajo se ha complicado y no ha ganado mucho dinero últimamente. El papá de Faouzi trabaja en el gobierno y ahora todos han tenido que hacer horas extras, pero no han recibido ningún aumento en su salario. Por eso también odio la guerra.

15

Shaima es la niña más hermosa que mis ojos han visto. Su cabello es largo y negro y brilla cuando el sol lo toca. Cuando Shaima sale a la calle, protege su cabello con un velo delgado que tiene unos bordados en las esquinas, bordados de plata y oro y trazos suaves y curvos, letras hermosas que escriben poemas. Ese velo es un regalo de mamá, regalo por su cumpleaños número quince.

Shaima tiene ojos grandes y sus ojos son negros como el negro de su cabello. Sus ojos negros brillan por sí mismos y no necesitan del sol para brillar. Sus ojos son profundos y son de un negro que contiene todos los colores del arco iris. Son ojos hechos de la misma materia de la noche y brillan desde el centro como si ahí viviera una estrella.

Me encanta mirar sus ojos. Es lo único que me calma cuando todo el mundo está nervioso.

La familia de Shaima no tiene mucho dinero. Su papá trabajaba como guía en un ministerio del gobierno. Su trabajo consistía en llevar a los escasos turistas que venían al país a conocer los monumentos y museos. A mostrarles los mejores lugares, nunca los feos, pero sobre todo, a vigilar que no hicieran preguntas comprometedoras o que pusieran en descrédito a nuestro presidente. En la guerra pasada, el papá de Shaima fue enviado al frente porque sabía hablar otros idiomas y porque el gobierno decía que podía funcionar como un buen espía. Primero lo mandaron a un país que está al sur del nuestro y luego, dice mamá, lo mandaron al país con el que estábamos en guerra. Al principio, la señora Barzani recibía una carta por semana, su marido decía que estaba bien y que estaba haciendo un gran servicio al país para ganar la guerra. Decía también que cuando la guerra acabara, debido a sus méritos le ascenderían a otro puesto y le darían un gran aumento de sueldo, que todo iría bien, que no se preocupara. Pero luego las cartas dejaron de llegar con tanta regularidad y un día dejaron definitivamente de llegar. La señora Barzani no sabía qué hacer. Estuvo yendo a la oficina de su marido para que le dieran noticias, pero nadie le podía decir qué había pasado. El señor Barzani era un espía y por eso todas las informaciones sobre él estaban protegidas por el secreto de estado. Nadie podía decirle nada sobre su marido. Al final, la señora Barzani decidió darlo por muerto y salió a las calles a buscar empleo. Como estábamos en guerra encontró un empleo mal pagado ayudando en una fábrica de municiones. Al menos eso les permitía comer a ella y a Shaima. Mi papá intentó saber lo que había pasado con el señor Barzani, pero tampoco pudo averiguar nada al respecto. Nadie ha vuelto a saber nada del papá de Shaima y

ya los años han pasado desde que acabó esa guerra. Todos piensan que el señor Barzani murió, o desertó para siempre. Yo no sé qué creer.

Lo único bueno de todo eso es que no le quitaron a la señora Barzani el coche de servicio que usaba su marido, y lo usa para llevar a la gente a diferentes lados. Lleva a las personas al mercado y les ayuda a cargar las bolsas. Lleva a los ancianos a otros pueblos. La mamá de Shaima intenta no cobrar, pero la gente siempre termina dándole algo. A fin de cuentas, necesita el dinero para poder vivir.

Shaima tiene quince años. Es mayor que yo por un año y medio, o quizá por un año solamente. De todas formas, a mí esa diferencia de edad no me molesta y quiero imaginar que a ella tampoco. De todas formas los niños, sobre todo en tiempos como estos de guerra, crecemos rápido y aprendemos a vivir como los adultos. Por otro lado, mamá insiste en que yo soy el hombre de la casa en ausencia de papá. Mamá dice que tiene menos miedo cuando yo estoy por aquí que cuando no estoy.

A veces sueño, y mi sueño es que cuando la guerra acabe me voy a casar con Shaima; así, en caso de una nueva guerra yo la abrazaría como papá abraza a mamá y le diría que todo va a salir bien, que todo va a estar bien y que solo importa nuestro amor.

Shaima es la niña más preciosa que mis ojos han visto y estoy perdidamente enamorado de ella.

16

Lo más importante es decirles ahora que la escuela cerró hace una semana. Los profesores pensaron que no tenía sentido seguir dando clases de Matemáticas, de Lengua, de Historia y de todo lo demás cuando lo único que por el momento ocupa nuestras cabezas son los aviones que nos sobrevuelan por las noches. Papá y mamá no están de acuerdo con esa idea, ellos piensan que sobre todo en estos momentos es importante que aprendamos todo eso, pues contra la barbarie lo único que puede oponerse es la civilización, o algo por el estilo, pues no presté mucha atención cuando papá lo decía. De todas formas, también ellos piensan que es menos peligroso para nosotros no ir a la escuela, las calles se han convertido en verdaderos campos de minas y el peligro siempre acecha detrás de cada esquina. En mi cabeza sin duda están los aviones y las bombas, pero también están los insectos del libro que el tío me ha mandado, las letras nuevas que intento aprender y los ojos de Shaima.

Todas las tardes antes de cenar mamá nos sienta en una esquina, a veces incluso Tarek y Faouzi vienen, y nos pone a hacer ejercicios de matemáticas, a trazar círculos y rectas, a calcular sumas y a resolver problemas del tipo: ¿Cuántos dátiles tiene una palmera si cada rama tiene cien frutos y la palmera tiene ocho ramas? A Raissa y a Mahdi solo los pone a hacer dibujos de colores y les enseña a no salirse de la línea, y a veces les enseña el alfabeto. Otras veces, mamá me pone a hacer trabajos de matemáticas desde por la mañana. Apenas me despierto, ya me esperan en la mesa sumas, restas, multiplicaciones, divisiones e incluso raíces cuadradas, que son lo más difícil de hacer. A Raissa la pone a contar y Mahdi solo intenta repetir todo lo que mamá dice. Esos días mamá no me deja salir a jugar con Tarek y Faouzi hasta que no acabo todas mis tareas.

Mamá revisa de reojo que yo haga mi trabajo y aunque intento concentrarme, muy pronto estoy soñando con otras cosas. Sueño con Shaima y con sus ojos, sueño con el tío visitando el museo de insectos en Francia, viendo las mariposas y decidiendo cuál es la que más le gusta, sueño que no hay guerra y que no hay aviones que vuelan y que el desierto se hace un bosque lleno de flores, y que el río y los charcos sucios son ríos y albercas de agua limpia y transparente donde Tarek, Faouzi, Shaima y yo nadamos. Y luego mamá me dice algo que me saca de mis ensoñaciones y las raíces cuadradas vuelven a aparecer en la hoja del cuaderno y su realidad es tan pesada como la realidad de la guerra misma.

Soy de los pocos que aún tiene cuadernos. Tarek también tiene algunos. Otros niños no tienen. Supongo que es por la guerra. Ahora todo falta y la gente no consigue las cosas que necesita, ni siquiera las cosas más sencillas. Lo que más falta son frutas y verduras. Hace mucho tiempo, por ejemplo, que no como un limón, ni siquiera uno en conserva confitado a la sal. Mucho menos otras frutas que el país no produce, se me ocurre por ejemplo un melón. A papá le encantan los melones y siempre que podía y que encontraba en el mercado compraba dos o tres y llegaba a casa y los cortaba y todos comíamos de ese fruto dulce y delicioso. Alguna vez papá compró varios melones y se los obsequió al papá de Shaima y luego Shaima me dijo que eso era lo más rico que había probado en su vida. A papá le gusta tanto el melón que una vez, cuando fue la otra guerra, compró una caja entera, que seguro le costó una fortuna, y cuando llegó a casa invitó a todos los vecinos e hizo una pequeña fiesta para que todos bailaran y cantaran y comieran melón. Al principio mamá se molestó un poco, pero cuando vio que todos estaban tan contentos y que no podían dejar de sonreír estoy seguro de que no pudo dejar de sentirse orgullosa de papá. Fue en esa fiesta cuando vi por primera vez a Shaima y cuando me dijo que los melones eran lo más rico que había comido en su vida. Al principio solo nos miramos pero no nos hicimos mucho caso. Estoy seguro de que yo miré a Shaima más tiempo que ella a mí. Supongo que yo era igual que Mahdi, que ve las cosas y mira a todas las personas con ojos de curiosidad, así son los niños pequeños. Yo miré a Shaima con ojos curiosos y embelesados durante un largo rato, y solo en una ocasión nuestras miradas se cruzaron. Cuando eso pasó sentí como un relámpago en mi corazón. Fue tan inesperado que pegué un brinco y Shaima se empezó a reír. Yo pensé

que se estaba burlando de mí y lo único que pude hacer fue salir corriendo y esconderme en mi cuarto. Supongo que si Shaima me quiere no ha de ser por esa actuación tan miedosa de nuestro primer encuentro ni por la última, cuando me desmayé y me vio casi totalmente desnudo.

17

Pero aun sin melón, papá y yo seguimos disfrutando de las cosas que todavía podemos encontrar. Por ejemplo, papá compra una caja de dátiles Deglet Nour todos los días y los come mientras bebe té o mientras bebe café. A mí también me gustan los dátiles y mamá los utiliza en diferentes recetas. Mamá conoce como treinta formas distintas de hacer un pastel de dátil.

Otras personas son menos afortunadas y la guerra solo hace que su día a día sea más complicado. Cada vez que Faouzi viene, mamá envuelve en un papel encerado algún pescado y llena una bolsa con dátiles frescos para que Faouzi se los lleve a su mamá. Mamá también le ofrece pescado a la mamá de Shaima y a veces ella nos ofrece un poco de miel. Mamá dice que es la obligación de quienes tienen más compartir con los que tienen menos. Mamá siempre lo ha hecho así y nunca por hacerlo nos hemos privado de nada. Dice que eso se aprende leyendo el libro

grande de cuentos que esconde en el lugar secreto, que su mamá hacía lo mismo que ella hace y que los papás de papá hacían exactamente igual. Compartir es algo, dice mamá, que podemos hacer fácilmente, basta con partir las cosas a la mitad o en tres o en cuatro, ustedes me entienden. Una vez mamá ya no tenía masa para hacer pan y papá había llegado de hacer negocios con mucha hambre. Papá se sentó en la mesa y mamá solo pudo hacer un último pan en la sartén. Raissa y Mahdi tenían su comida, pero ya se habían acabado sus panes y mamá todavía no había comido. Papá dijo que no había problema, que lo compartiríamos, y partió el pan en cinco pedazos para que todos tuviéramos qué comer.

18

Ayer por la noche hubo una explosión enorme en el centro del pueblo. No hubo aviones esta vez. La gente dice que la bomba vino desde una gran distancia, quizá desde algún lugar cercano a la frontera. Papá dice que la bomba fue lanzada desde un barco cerca de las costas del golfo. Papá supone que si dicho barco existe es porque la guerra va a cambiar pronto. A su parecer solo hay dos opciones: o la guerra acaba, puesto que el atacante es más fuerte que nosotros, o la guerra se prolonga más y se pone más fea, puesto que el atacante no es tan fuerte como dice ser. Yo solo pienso que quizá ya no haya bombardeos por las noches y que entonces Shaima ya no vendrá a refugiarse con nosotros. Si eso pasa va a ser cada vez más difícil que la vea.

Últimamente papá ha estado cabizbajo, supongo que es porque no ha conseguido los permisos para abandonar el país. Mamá también parece preocupada y no se despega de Raissa y de Mahdi, o más bien ellos no se despegan de

ella. A veces, cuando mamá tiene que salir, Raissa y Mahdi vienen y se quedan junto a mí y Mahdi me sujeta de la ropa y no se suelta. A todos los lados donde voy, Raissa y Mahdi vienen conmigo. Intento hacerles cosquillas, pero no se me despegan. A veces simplemente nos abrazamos. A mí lo único que ahora me importa es que todos estén bien y que nadie vuele en pedazos.

Con los días acercándose para que llegue mi cumpleaños, la idea de hacer venir a Tarek y a Faouzi y todos los demás amigos, también a Shaima, me llena de emoción y me hace pensar en otra cosa que no sea en las bombas y en los papeles para abandonar el país. Por las noches, cuando todo parece tranquilo y solo muy a lo lejos se escuchan ruidos y aviones que vuelan sin rumbo determinado, sueño con Shaima y con el día de mi cumpleaños. En mi sueño vamos de la mano y caminamos por las calles del pueblo y no hay nadie más que nosotros, todas las casas están en pie y el pueblo parece bonito, el sol está en el cielo pero no hace calor y Shaima me sujeta la mano con fuerza y caminamos por la calle sin hablar, o quizá sí, hablamos de una forma callada y nuestro lenguaje está hecho de caricias y de presión en los dedos y en la palma, luego el tiempo pasa y no existe ningún ruido y Shaima y yo seguimos caminando y el pueblo queda detrás de nosotros y avanzamos por el desierto que por primera vez es hermoso, y la arena es suave como talco y brilla con un brillo dorado que no lastima los ojos. Shaima y yo permanecemos en silencio y algunas mariposas de color rosa vuelan alrededor de nosotros; son las mismas mariposas que el tío me ha descrito en su carta, y luego sin que ella se lo espere le digo, bajito al oído, que la

quiero, y ella se pone feliz y baila de felicidad alrededor de mí haciendo piruetas y yo me pongo a bailar con ella y luego llegamos bailando junto a un río copioso y juntos nos bañamos y el agua está tibia y nadamos durante un rato. Y todo es bueno y todo es felicidad.

Cuando despierto pienso que me gustaría nadar. A veces con tanto calor y con tanta sequedad quisiera que papá nos llevara a nadar al río que pasa junto al pueblo. Pero papá dice que no se puede porque el río está sucio y que además la corriente me puede arrastrar.

El otro día pregunté a papá el porqué de esta guerra. Nuevamente su respuesta fue tajante, me dijo: «Ya te he contado que es por la economía y por el petróleo y porque hay países que tienen más armas que otros». Le respondí que sí a todo eso, pero que no entendía por qué caían bombas en nuestro pueblo si nuestro pueblo era un pueblo pobre y sin recursos y sin petróleo y sin armas. Papá me escuchó con atención, luego me dijo que lo acompañara a su despacho, y cuando ya estuvimos ahí me enseñó otra vez el mapa del país y me señaló el lugar donde está el pueblo. Como ya te he explicado, nuestro pueblo está en la punta sur del país y estamos cerca de dos de los ríos más importantes, tanto del país, como de la historia. Incluso en el libro de cuentos de mamá, el que esconde, se habla de nuestros dos ríos. El caso es que esos dos ríos han bañado toda la cuenca fértil de nuestro país y siguiendo su cauce es en donde nosotros hemos construido, desde siempre, todas las ciudades. Nuestro pueblo, siendo uno de los pueblos más antiguos del mundo, no es la excepción y ha necesitado siempre de ese río para vivir. Además, estamos cerca de

la costa del golfo y somos uno de los primeros pueblos que hay desde Basora hacia la capital. Por eso, dice papá que nos bombardean, porque representamos un interés estratégico para la guerra.

Luego me dijo que si la cosa se ponía más difícil, lo más seguro es que un ejército invasor entraría al país por la costa y avanzaría por todo el territorio, yendo hacia el norte, pasando por nuestro pueblo, hasta llegar a la capital. Cuando ese ejército llegara a la capital sería cuando la guerra se acabaría.

Le pregunté más sobre la guerra a papá, y lo que me dijo fue lo siguiente: «Nuestro presidente tiene muchos enemigos, por eso estamos en guerra». Yo no sé sobre el presidente más que lo que mamá me contó de cuando fue a la capital con la delegación de maestros. Mamá dice que el presidente es un hombre alto, con bigote y que ha hecho cosas malas. Dice también que ha hecho algunas buenas cosas pero que esas, por ser tan pocas, no cuentan. Lo que sí sé es que el tío no apoyaba a este presidente. De hecho, hasta donde yo sé, el tío nunca ha apoyado a ningún presidente, y cuando uno de ellos quiso darle un reconocimiento por su poesía, el tío escribió una carta que publicó en un periódico para decirle al señor presidente que él nunca aceptaría una medalla de ningún gobierno, que el único reconocimiento que un poeta puede tener es el de ser leído por la gente. Eso lo sé porque papá tiene un ejemplar de ese periódico y alguna vez lo leí en secreto.

Por la noche, antes de que mamá me leyera del libro de cuentos, le pregunté sobre el petróleo. Mamá me miró con rostro de sorpresa y luego me dijo que el petróleo era como un agua de color negro, muy pegajosa, casi como la miel, y que olía muy mal.

Solo tengo trece años y medio, y después de lo que mi mamá me contó sobre el petróleo no puedo entender por qué la gente hace la guerra por un agua tan sucia.

19

Hoy mamá ha vuelto del zoco muy agitada. Quisimos saber qué sucedía. «La bomba del otro día cayó junto a la casa de Yamina», nos dijo.

Yamina, debo decirles, es la mejor amiga de mamá. Yamina es profesora de Francés, la lengua en la que está escrito el libro que el tío me ha mandado desde Francia. De hecho, mamá había prometido, el otro día, llevarme a casa de Yamina con mi libro para que ella me dijera todo lo que el tío no había podido traducir. También para que Yamina leyera en voz alta ese texto y yo supiera cómo hablaba la gente que vivía en Francia, y así supiera también cómo era la lengua que el tío debía escuchar a diario en estos momentos. Si después de la lectura de Yamina me gustaba cómo sonaba ese idioma y todavía estaba interesado en aprender, mi mamá y Yamina se pondrían de acuerdo para que yo diera clases particulares y pudiera aprenderlo cuanto antes.

Pero el caso es que mamá estaba muy nerviosa porque la bomba había destruido la casa vecina de la de Yamina y no sabía nada de ella. Es verdad que no se habían hablado en tres días, pero con eso de los teléfonos resultaba muy difícil encontrar el momento. Nosotros no sabíamos que la bomba había caído justo al lado de su casa y pensábamos que había caído más hacia el centro. En esa zona no conocíamos a muchas personas y por eso no nos habíamos preocupado mucho. Pero hoy mamá, cuando fue al zoco, se enteró de dónde había caído la bomba con exactitud, y cuando lo supo lo único que se le ocurrió hacer fue correr a buscar a Yamina entre los escombros de la casa. Muchas personas la vieron hacer eso y fueron a decirle que ya habían sacado todos los cuerpos de entre las ruinas y que se los habían llevado tanto al hospital como al depósito de cadáveres. No supieron decirle si Yamina era una de las personas que habían ido a parar al hospital.

Papá intentó calmarla un poco y le preparó un té. Dijo que mañana mismo iría él a buscar a Yamina al hospital. Si Yamina no estaba ahí, entonces iría al depósito de cadáveres con la esperanza de no encontrarla.

Mamá se tomó su té. Luego papá se acordó de que Yamina había dicho que iría a pasar unos días a la casa de sus padres, en otro pueblo situado al norte del nuestro. Lo más seguro es que Yamina estuviera con ellos. Mamá salió corriendo hacia su cuarto a buscar su agenda, donde tenía anotado el número de teléfono de los padres de Yamina, pero luego, cuando intentó marcar, resultó que no había línea. Mamá colgó el teléfono con un golpe muy fuerte, tanto que se quebró el mango del auricular. Papá se acercó y

abrazó a mamá, y ya en sus brazos mamá comenzó a llorar, primero muy bajito, luego el llanto se hizo más fuerte y papá tuvo que abrazar aún más a mamá. La tomó en sus brazos y la subió por las escaleras y la acostó en su cama. Le besó la frente y le dijo que todo iría bien. Yo solo podía pensar que algún día yo haría lo mismo con Shaima, la tomaría en mis brazos y la subiría a nuestro cuarto y le besaría la frente y le diría que todo iría bien.

Es verdad que Yamina había dicho que iría a pasar unos días con sus padres, pero yo recuerdo que mamá había dicho claramente que Yamina solo estaría tres días con ellos. Eso hacía que Yamina bien pudiera haber estado en su casa cuando la bomba cayó. El problema es que la casa de Yamina estaba a medio derruir pero no habían encontrado cuerpos entre sus ruinas. Y ninguno de los vecinos podía decir con certeza qué había pasado con Yamina, pues ninguno de ellos sabía si había regresado de estar con sus padres o si seguía con ellos.

Papá fue a ver al doctor para que le diera unas pastillas para que mamá pudiera dormir. El doctor le dio dos pastillas para que estuviera tranquila y pasara una mejor noche. Dijo también que preguntaría en su hospital por Yamina y que pasaría mañana por la tarde para ver a mamá.

Cuando papá regresó con las pastillas, mamá se las tomó y se tapó con la manta. Papá le dijo que no se preocupara por nada, porque él se encargaría de preparar la cena y de acostarnos. Mamá se quedó en su cuarto mirando el techo sin parpadear.

Luego papá, Raissa, Mahdi y yo bajamos a la cocina y yo le ayudé a preparar la cena con algunas cosas que estaban en la alacena. Mamá no había comprado nada y no había mucho que comer, pero papá sacó una bolsa con harina y se puso a hacer pan. Había un poco de yogur y un poco de *hummus*, pero era suficiente para los cuatro. También había aceite y podíamos untar nuestro pan con ese líquido tan rico.

No lo parecía, pero yo sabía que en el fondo papá también tenía miedo por Yamina y por lo que pudiera haberle pasado. El miedo también habita en el corazón de los adultos, y aunque se esfuercen por esconderlo, de vez en cuando nos podemos dar cuenta. Ese miedo que en un principio me producían esas lluvias de acero y pólvora se presentaba también de otras maneras en los adultos. Y papá ahora tenía miedo por Yamina y por nosotros, y ese miedo no le dejaría dormir en los siguientes días.

De pronto, papá dejó de ser ese hombre que yo pensaba invencible y con todas las respuestas, y se convirtió en un ser humano más, igual a todos, con sus miedos y con sus virtudes, intentando solo vivir para darle una vida mejor a sus seres queridos. De pronto, mi visión de él cambió para siempre, no para mal, pero entendí que era un adulto como todos y que algún día yo sería también un adulto como él, no más o mejor que él, simplemente un adulto que tenía que enfrentarse a la pérdida y al miedo como un héroe cuando se enfrenta en una batalla mortal. Papá era el adulto que me había tocado como padre y de quien todos los días aprendía a ser el hombre de la casa. Ese día me prometí que aun con sus debilidades y sus miedos, nada de eso me impediría amarlo durante el resto de mi vida y querer ser siempre como él.

20

Papá ha conseguido nuevas informaciones sobre la bomba que cayó junto a la casa de Yamina. Ella sigue sin aparecer. Si al cabo de una semana no se ha comunicado con nosotros, mamá dice que irá personalmente a todos los depósitos de cadáveres del país a buscar su cuerpo. Papá ha prometido ir con ella, pero confía en que Yamina aparecerá antes.

La idea de ir a buscar a Yamina a los depósitos aterra a mamá. Por las noches, la veo rezar siguiendo las perlas de un hilo en forma de collar y mirando fijamente la luz de una vela. Solo sus susurros se oyen y se repiten como siguiéndose, un rezo que se hila en círculos y que regresa a su punto de partida, y ese silencio y esos susurros habitan todo el espacio de su habitación y llenan de un ruido muy bello todos los rincones de la casa. Papá me pide que deje en paz a mamá y que me porte bien los siguientes días, le digo que sí, que me portaré bien de ahora en adelante y obedeceré todo

lo que ella diga, pero mamá parece tan en paz cuando reza, iluminada solo por esa luz diáfana y amarillenta que baila sobre sus mejillas y sobre su cabello y le tiñe el rostro como de un fuego cálido y vivo. Y luego sus susurros y sus rezos son rotos por la turbina de un avión que sobrevuela el pueblo o por las explosiones lejanas y monótonas a intervalos muy precisos. Y mamá retoma su rezo con mayor fervor, como queriendo que sus oraciones acaben con la guerra y con esos ruidos de muerte que pueblan el aire de nuestro pueblo, como queriendo que las oraciones recuperen el cuerpo de Yamina y la traigan sana y salva a casa, y que viva con nosotros y que todo esté bien.

Pero decía yo que papá había conseguido más información sobre la bomba. En el pueblo los hombres hablan de que la bomba fue arrojada efectivamente desde un barco atracado cerca de la costa. Según se dice, más y más barcos han llegado cerca de la costa y todo parece indicar que se prepara el terreno para un desembarco de tropas masivo. Los ataques vienen ahora de ambos lados, del cielo y del mar, y según se dice en el pueblo, la ciudad de Basora ha sufrido todavía más bombardeos. Antes era bombardeada cada tres días, ahora parece ser que las bombas llueven cada tres horas. Papá dice que a ese ritmo, cuando la guerra acabe no quedará ni rastro de esa ciudad. También se dice que la bomba que cayó junto a la casa de Yamina fue un error de medición, porque la bomba estaba destinada a caer en una fábrica a las afueras del pueblo y por un error de cálculo cayó en el centro del pueblo. Papá está furioso «Mira que decir que es un error de medición, es un intento vil de lavarse las manos de sus crímenes».

Mamá ha intentado, por su lado, averiguar también algo sobre Yamina, pero con las líneas telefónicas en tan mal estado ha sido muy difícil comunicarse con sus padres. Solo ayer mamá llamó y el papá de Yamina contestó al teléfono. Mamá intentó hablar rápido, pero se hizo un lío y el papá de Yamina no supo entender nada de lo que mamá decía, y luego la comunicación se cortó y la línea volvió a morirse. Total, que mamá no supo si Yamina estaba ahí o no. Tampoco nadie ha ido al pueblo de los padres de Yamina, porque se dice que las bombas han caído sobre la carretera y han hecho muchos cráteres. Las cosas se ponen cada vez más difíciles en ese lado y no parece haber ya esperanza para Yamina. Esta, si acaso existe todavía, se desvanece como un puñado de arena en un día de fuerte viento.

Mamá continúa con sus rezos y sus súplicas. Ahora ha tomado su libro de cuentos y está leyendo una parte donde hay poemas. Yo nunca había visto en el libro esos poemas. Mamá vio que la estaba mirando y me invitó a pasar y rezar con ella. Al principio no supe qué hacer, pero mamá me dijo que no tuviera miedo, que juntos rezaríamos mejor. Entré y me acerqué a la cama y mamá me enseñó por dónde estaba leyendo. Luego me dijo que repitiera lo que ella dijera y empezó a leer el siguiente poema:

De David, súplica y acción de gracias

Hacia ti clamo, Señor,
roca mía, no estés mudo ante mí,
no sea yo, ante tu silencio,
igual que los que bajan a la fosa.

Oye la voz de mis plegarias
cuando grito hacia ti,
cuando elevo mis manos, Señor,
al santuario de tu santidad.
No me arrebates con los impíos
ni con las gentes de mal,
que hablan de paz a su vecino
pero que guardan su maldad en su corazón.
Dales, Señor, conforme a sus acciones,
y la malicia de sus hechos
trátalas según la obra de sus manos,
págales con la misma moneda.
No comprenden los hechos del Señor,
la obra de sus manos.
¡Derríbalos y no los rehabilites!
¡Bendito sea el Señor que ha oído mis plegarias!
El Señor es mi fuerza, es mi escudo,
en Él confía mi corazón y recibo su ayuda,
mi carne nuevamente ha florecido,
le doy gracias con mi corazón.
Señor, fuerza de su pueblo,
fortaleza de salvación para el ungido,
salva a tu pueblo, bendice tu herencia.
Sé nuestro pastor para siempre.

Cuando terminamos de rezar, mamá me dio un beso en la frente, guardó el libro y me llevó a mi cuarto. Ahí me tapó con las mantas de mi cama, me dio otro beso y me dijo que cada vez que tuviera miedo podía decir ese poema y me sentiría bien.

21

Shaima y yo nos miramos nuevamente a los ojos mientras esperamos que las bombas cesen su caída. Shaima tiene los ojos llorosos. Sus ojos se han teñido de un ligero rojo, como si no hubiese podido dormir en varios días, o como si las lágrimas quisieran salir sin poder hacerlo, intentando ser lloradas sin encontrar suficientes cosas tristes para provocarlas.

Shaima desvía su mirada de la mía cuando descubre mi rostro preocupado por su posible llanto. Es la primera vez que gano el juego, pero esto, al contrario de lo que antes hubiese creído, no me alegra ni un poco. Me gusta cuando ella gana.

Intento sonreír para que Shaima entienda que todo va a ir bien. Shaima no entiende mi sonrisa y supone que se debe a que he ganado. Mis ojos se vuelven llorosos, heridos por el no entender de Shaima. Mis lágrimas no se contienen como las suyas y las gotas fluyen una tras otra

como un río sin que el llanto se vuelva sonoro. Mi llanto es casi siempre silencioso, ese escurrir de agua mudo que me llena de tristeza. Solo las gotas saladas caen deslizándose por las mejillas, cayendo entre mis labios y dejando que mi lengua pruebe su sal. Shaima sonríe ahora, y en su sonrisa leo la frase «todo va a ir bien» que antes yo había querido decirle. Su cuerpo se inclina hacia delante y con una sola mano desabrocha el pasador que sujeta su velo por detrás de la cabeza, su cabello cae y se mece suavemente y en ese revuelo de magia huelo un aroma de rosas y de vainilla nueva, algo dulce, como de miel, que me embriaga y me vuelve loco. Acercándose, seca mis lágrimas con un mechón de su pelo y siento esa suavidad en mis mejillas como si fuera el beso más dulce y suave de mi vida. Mis ojos no se cierran en ningún instante. Grandes y abiertos observan el gesto tierno de sus manos y el cabello suave, brillante y negrísimo secar una por una las lágrimas de mi rostro, secar los caminos húmedos que han trazado en su caída desde mis ojos hasta el cuello. Sus ojos siguen el movimiento de sus manos y brillan con un fuego nuevo que nunca antes había visto. Un fuego también se hace en mi corazón y me incendia el cuerpo y todo el ser con la llama del amor. Algo me empuja a sacar ese sentimiento, y sin que haya previsto o hubiese podido evitarlo, brotan de mi boca las palabras de la poesía que en todas las lenguas del mundo dicen lo mismo: «*Ana uhibboki*, te amo».

Shaima pestañea y detiene súbitamente el movimiento de sus manos y hunde sus ojos negros en el fondo de los míos, y durante un instante su cabeza no logra discernir

las sílabas de mi canto y solo logra sonreír brevemente y retirar su cuerpo hacia su lugar de origen de la forma más silenciosa posible, mientras afuera se reinician las detonaciones huecas tras el breve silencio en ese concierto marcial de la guerra y que ahora enmarcaba para siempre, sus ruidos y su pesadez, mi primera declaración de amor.

22

A la edad de trece años, el corazón de una persona no debe medir más de diez centímetros de diámetro ni pesar más de un kilogramo. Al menos eso creo. Papá dice que el corazón tiene el mismo tamaño que nuestro puño derecho, mi puño derecho no parece gran cosa.

Y a pesar del tamaño irrisorio de mi corazón, me pesa tanto que no he tenido fuerza para interesarme por las cosas o por la gente. Nada, ni fuerza ni ganas. Es como un vacío que se me ha formado y que me hace quedarme inmóvil sin querer saber nada.

No quiero saber de Yamina, no quiero saber del libro de mamá, no quiero saber de los periódicos de papá ni de sus negocios. Nada quiero saber sobre mis insectos ni sobre el libro que el tío me ha mandado, nada sobre letras extranjeras, nada sobre mis amigos Tarek y Faouzi, nada sobre mis hermanos Raissa y Mahdi.

Nada sobre Shaima.

Menos sobre Shaima.

Después de mi confesión inesperada mientras el cielo se nos venía encima, se me hizo un hueco en el corazón que no he podido colmar con nada, con otra cosa que ocupe el lugar que antes ocupaba mi amor por Shaima. Pareciera que al decirlo, todo el amor se me ha salido, ha abandonado el lugar donde antes se alojaba y donde hacía su vida y crecía y me hacía sentirme bien. Pero las palabras salieron al aire y todo el amor se fue. En su lugar solo quedó su hueco, grande y profundo, con forma de esfera perfecta, anidándose, haciendo su cráter de bomba metálica en mi corazón.

El corazón sigue latiendo y sigue bombeando sangre, pero la sangre que bombea ya no es roja ni brillante, ya no es el líquido vital que me daba fuerzas y que me llenaba de felicidad. Ahora es solo un líquido frío que se pasea por mi cuerpo, que da vueltas sin sentido y que regresa al corazón para no llenar el hueco dejado por el amor.

Dije las palabras sin pensar, sin saber escoger el momento, sin creer que eso pudiera tener consecuencias, y el amor se me ha ido, se ha escapado como un agua que se guarda en el cuenco de las manos y que chorrea cuando se abren los dedos.

Lo peor es que las palabras salieron como un poema y yo me escuché decirlo con buena voz, recitarlo como mamá recita sus plegarias, un lamento, una acción de gracias y una petición luminosa que por un breve instante me convirtieron en el hombre más valiente del mundo.

Shaima escuchó mi poema, escuchó con sus dos oídos mi confesión, me miró con sus ojos negros y supo que lo que decía era verdad, que la amaba, que la amo, que la amaré mañana en la siguiente guerra y en la siguiente paz, que es ella mi amor, tan buscado, tan anhelado, ese amor como el que papá y mamá se tienen, que ese amor es lo más bello de su vida, lo más bello de la mía, y que eso es lo que tiene que ser, que así deben ser las cosas en un mundo donde la gente real vive y vive sus vidas reales, sus victorias, sus derrotas, sus penas y goces, su tristeza y su felicidad, así es el orden de la vida, que un hombre ame con todo su corazón y todo su ser a una mujer, y que ellos se unan en ese sentimiento de magia y se encuentren en la noche negra y despoblada de estrellas, que sus dedos se toquen para decir «No estoy solo» y que en todo lugar y todo tiempo reine la paz y la sensación de seguridad.

Pero Shaima me ha mirado con sus ojos negros, y sus ojos se han clavado dentro de los míos, y no han dicho algo, no han dado una respuesta cierta, todo se ha quedado volando, todo en entredicho, en el silencio, el tiempo se ha petrificado en ese instante de mi confesión y la respuesta ha perdido el rumbo.

La ilusión del amor se vuelve certeza cuando el amor duele.

23

De pronto me dio una fiebre que me ha dejado postrado en mi cama. Mamá ha venido a despertarme por la mañana, y cuando me ha besado la frente la temperatura tan alta le ha quemado los labios tiernos. Mamá me ha tomado de las manos para ver si estaban frías y luego, cuando ha visto que así era, ha salido rápidamente de mi cuarto y se ha dirigido al botiquín de emergencias que guarda en el baño, ha regresado con el termómetro y ahora ya lo tengo colocado entre el brazo y el pecho, en el hueco de la axila, y en un principio el palillo de vidrio y de mercurio ha estado frío al contacto con mi piel, pero ahora, el calor de mi cuerpo lo ha templado y solo cuando me muevo logro darme cuenta de que aun sigue ahí.

Mamá viene y va de mi cuarto y consulta su libro de emergencias médicas. Papá también ha venido y me ha palpado con sus manos grandes. Me ha sonreído y me ha dicho que no me preocupe, que solo es una fiebre ligera y que con muchos líquidos y con una pastillita todo va a ir bien.

Raissa también ha venido arrastrando su mantita. Se ha quedado mirándome y luego me ha ofrecido, sin palabras, su manta para que me cubra. Es la manera en que mi hermana me ha prodigado sus cuidados, su tacto femenino naciente para un hombre que convalece lánguidamente por las fiebres del amor.

Mamá ha regresado al cuarto y trae consigo un vaso con agua y una pastilla de color azul. Me ha hecho tomármela y me ha pedido que no me mueva mucho, que descanse para que la fiebre ceda. Luego se ha ido con la idea de prepararme una sopa especial que me dé todas las fuerzas necesarias para combatir la enfermedad.

Papá ha regresado a mi cuarto y ha traído consigo mi libro de insectos. Se ha tomado la molestia de traducir algunos párrafos más para que pueda leer mientras tenga que estar en cama. «Toma tu libro, ya he traducido más párrafos sobre los insectos que creo que te van a interesar, cuanto antes te cures más pronto nos iremos a ver al tío» me ha dicho.

El libro lo ha dejado en la mesita junto a la cama. Antes de salir ha abierto un poco la cortina y dos rayos de un sol pálido, escondido detrás de algunas nubes blancas y gordas, las primeras en esta época de cielo metálico, se han colado y han hecho círculos de luz sobre mi manta, y entre cada paso de nube bailan y se pierden y vuelven a bailar, y el libro reluce un poco y los insectos de la portada se ven aun más brillantes y llenos de colores.

Cómo hacer entender a los adultos que mi fiebre no se debe a ningún bicho que se me haya metido en el cuerpo. Ninguna bacteria, ningún virus podría hacerme mella co-

mo la ausencia del amor me producía en estos momentos. Pienso en mi confesión amorosa y en el momento en que ha sucedido. La memoria me pone trampas y me confunde, poco a poco una imagen clara y nítida comienza a formarse en mi mente llena de fiebre y puedo dibujarla en el aire con solo cerrar los ojos.

Las bombas caían pesadamente, su metal afilado hacía hoyos inmensos en nuestro suelo, excavaban sus cráteres para buscar en el centro de la tierra el tesoro que los invasores han venido a saquear, las bombas perforaban los pozos de petróleo y en su explosión hacían volar piedras y ruinas y metralla. Todo volaba por los aires y los segundos que duraba su vuelo se hacían días y noches y luego meses y años. La gente corría buscando un techo, buscando un refugio donde ocultar sus cuerpos frágiles, la gente se perdía en el laberinto de calles sin formas, laberintos hechos de cráteres, de edificios derruidos, de fuga de agua brotando de la tierra como fuente, de incendios enormes consumiendo árboles y paredes, coches y llantas humeando un humo negro y denso, mezclándose en el aire con la arena hirviendo y revuelta, picando las gargantas, haciendo llorar los ojos y pintando de rojo la esclerótica. Las bombas se hacían las dueñas de la tierra como las semillas se hacían las dueñas de un surco listo para ser plantado. Caían, una tras otra, dos tras dos, al mismo tiempo, a destiempo, estallaban en mil pedazos, en mil fuegos que devoraban todo lo vivo, eran dragones y llamaradas calientes, la fiebre de la tierra y la enfermedad del mal.

Quienes no alcanzaban un techo, una guarida, una cubierta fuerte para protegerse de la metralla, quienes no llegaban a sus casas, o a las casas de los amigos, de los vecinos dispuestos a esconderlos, corrían por las calles sin rumbo fijo, los ojos miraban el terrible paisaje y se perdían entre ese laberinto de muerte. Las bombas caían y se hacían pedazos, un obús, un cilindro negro, un féretro conteniendo la muerte hecha de fuego, de partículas de metal acerado, como sierras, como pequeños cuchillos, se rompían con cada explosión. Los cuerpos perdidos por las calles, con caras desorbitadas, gritando los llantos de coraje y de impotencia, los llantos de la noche más negra que la muerte, y ahí, en ese terreno desvalido, en ese encuentro entre lo frío de la bomba, entre su suciedad y dureza y la suavidad de la carne, su ternura, su calor, la carne limpia y rosada, carne hecha con el color de la aceituna y de la tierra, carne con dos piernas y dos brazos y una cara que portaba la máscara del miedo y del horror, en ese encuentro todo se perdía. Los cuerpos eran despedazados, un cuchillo caliente cortando la grasa seca, un soplo de fuego calcinando los cuerpos hechos de papel y de hojas amarillas. Todo se prendía de un fuego como de sol, todo era una yesca dispuesta, todo era terreno virgen para ser penetrado con violencia por la punta nacarada de una bomba sin rostro y que lleva el nombre del infierno.

Ese era el escenario de mi confesión, de mi poema. Nosotros, guardados de ese mal tras paredes sólidas que resistían la embestida artera de la lluvia negra, sentados en el suelo frío, temblando con cada nuevo estallido, apretándonos los oídos para callar los ruidos terribles, para que las orejas no estallen y sangren, abrazando al vecino, al hermano, al amigo, mirando a la lámpara solitaria meciéndose en

el techo, vibrando con esta lluvia de muerte, escuchando rezos en las esquinas, mirando ojos impávidos y blancos, miradas perdidas en un mar desolado, mirando los ojos que anuncian la vida y su término, escuchando susurros, rezos otra vez, gemidos, llantos monocordes, llantos empapados de lágrimas gordas y salinas, llantos que se hacían una música, que acompasaban cada nueva bomba, que le hacían valla, se hacían la misma música de tristeza, un llanto hecho con la materia del miedo, el miedo hecho una realidad audible, una realidad que nuestras manos palpaban en los cuerpos vecinos, el miedo que se olía, en el azufre, en la pólvora negra mezclada con la arena, en los pozos de agua reventada, agua sucia de sangre, el olor acre, fétido, el olor de los cuerpos estallados, hechos trizas, los huesos despidiendo un tufo de cal, un olor a rancio, el olor del líquido de los ojos, de los perros perdidos en la ciudad convulsa.

Nosotros ahí, con todo eso, salvando el pellejo, salvando nuestras vidas de la muerte inminente, salvándonos de ser destruidos por el mortífero plomo que caía del cielo, nosotros ahí, contando los segundos del resto de nuestra vida, suspirando, mirándonos para recordar nuestras facciones, haciéndonos fuertes, haciéndonos valientes, como si nada pasara, como si el cielo no fuera esa nube gris y negra hecha de mil aviones invasores, y yo, mirando a Shaima, viéndola toda, su velo de seda, su velo hecho de la tela más pura, su belleza velada. Shaima, que sollozaba, que le temblaban los labios, que un llanto silencioso le pintaba las mejillas de lágrimas. Yo ahí, mirando a Shaima, diciéndole con mi sonrisa lo que mi papá le decía a mamá con su abrazo, «Te quiero, te amo, te necesito». Mi

sonrisa diciendo que todo iría bien. Y Shaima que no entendía mi sonrisa, que confundía su significado, que malinterpretaba mi mensaje. Y entonces yo lloraba por no ser comprendido, porque la mujer de mi vida había fallado en el momento más importante. Porque mi amor no se había dicho de manera silenciosa, así como el amor tiene que ser dicho cuando es verdadero.

Yo también lloraba, y ahora Shaima me veía y sus lágrimas cesaban, se acercaba a mí y descubriéndose el cabello, tirando a un lado el velo de tela suave, me secaba el llanto. Yo respiraba el perfume de su piel, el perfume de su rostro, el perfume de su vida. Era el perfume, el aroma más dulce, el olor a todo lo bueno y todo lo puro que hay en el mundo. Todos los otros olores de muerte desaparecían en un instante y solo olía la vainilla de la piel de Shaima. Ella secaba mis lágrimas con un gesto suave y calculado, el gesto tierno de mi madre cuando me dice que tengo que dormir, el gesto de mi padre cuando me da la mano para cruzar una calle, cuando me dice que soy inteligente y se ríe por mis respuestas ágiles. Shaima me tocaba con su cabello y secaba mis lágrimas mojadas y yo olía el aroma del amor.

Sin pensarlo le decía la única verdad de mi vida, le decía a ella y a todo el mundo que la amaba, que era mi vida toda, que era mi pasado, mi presente y mi futuro, que solo ella era la razón para que yo me convirtiera en un hombre y fuera aquel que acabara con todas las guerras del mundo. Ella era la razón para que de ahora en adelante yo quitara de mi vida la violencia y en su lugar solo tuviera palabras suaves y gestos cálidos, gestos de cariño y de paz.

Había dicho que la amaba, entre dos estallidos de bomba las palabras habían tomado cuerpo, ella las había escuchado y se había detenido. Mis palabras la habían tomado por sorpresa, su mano dejaba de secar mis lágrimas y su aroma se apagaba lentamente, como una vela cuando la cera se acaba. Me había mirado a los ojos, intentando encontrar en los míos un signo de mentira, un signo de inconsecuencia, las palabras inocentes de un niño de trece años y medio que vive en medio de una guerra y que piensa que el mañana nunca llegará.

Shaima se había retirado, había bajado la mirada, se había cubierto el rostro con su velo, y cuando las bombas habían cesado su canto de muerte, se había retirado con los otros, sin mirar atrás, sin ver al amante herido y dejado a un lado, al niño que temblaba, no de miedo, sino de una fuerza más grande que la vida, el niño que temblaba de amor y que la miraba como se mira el reflejo de un rostro en un charco claro de agua quieta.

24

La fiebre había disminuido y por la tarde mi temperatura ya era normal. La cortina de mi cuarto ahora estaba abierta de par en par y el cielo era de un azul brillante e infinito, moteado con nubes blancas y gordas, nubes de algodón de azúcar. El día era perfecto, no había ruidos de muerte y el pueblo cantaba una música de actividad y de vida. Parecía que la guerra había dado una tregua y algunos animales de corral mugían en la lejanía. Los corderos cantaban su canto repetitivo y se daban topetazos. Los pájaros recuperaban sus nidos en los árboles y silbaban sus melodías, trinaban como si el mañana fuera el día en que la paz sería la reina de este lugar.

Papá y mamá entraban frecuentemente a mi cuarto y me tomaban la temperatura. Mamá usaba su palma para tocar mi frente y estar segura de que todo iba bien. Papá venía y me contaba algo sobre el tío, o sobre los vecinos, decía que Mahdi estaba dormido y que Raissa estaba muy

preocupada por mi enfermedad. Papá quería saber si me gustaría que Tarek y Faouzi vinieran a saludarme. Mamá había pensado, si ya para la tarde me sentía mejor, preparar un dulce de leche de cabra y decirles a los vecinos que vinieran a visitarme. Podrían venir mis amigos, el señor y la señora Mutanabbi, el doctor Hussein, la señora Barzani y Shaima. Todos podrían venir a visitarme y a tomar té y comer dulce de leche.

Me quedé callado, mamá sabría qué hacer.

Preferí tomar el libro que me había mandado el tío y me puse a leer sobre los insectos. Las cosas interesantes sobre los insectos es que son seres vivos de muchos tamaños y de muchas formas diferentes. Había unos que tenían un cuerpo redondo y lleno de colores bonitos, otros tenían cuerpos con formas extrañas, patas largas y raras, pinzas en la cabeza, antenas, pelos en el dorso, colores muy raros, a veces brillantes, a veces opacos, con uno o muchos ojos, con dientes grandes y protuberantes, alados y sin alas, con muchas alas, con muchas patas, con una cola larga y gruesa, con un aguijón para protegerse y picar, venenosos y no venenosos. Los insectos tenían nombres muy raros. Primero tenían un nombre científico, casi siempre, según las traducciones del tío, escrito en un idioma conocido como latín. Ese nombre científico tenía por finalidad decir de qué especie de insecto estábamos hablando, a qué reino pertenecía, a qué subconjunto, a qué rama. Era un nombre que designaba algo más que un simple nombre, podía informar sobre el color, sobre la forma, sobre su talla. Era un nombre muy raro que los entomólogos, o los hombres que estudian a los insectos, usaban para no equivocarse.

Además, los insectos tenían otro nombre, su nombre común. El nombre común podía cambiar según el idioma en que fuera dicho. Y quizá cambiaba también porque en diferentes partes del mundo podían tener diferentes nombres para decir la misma cosa y el mismo bicho.

A mí los insectos que más me llamaban la atención eran los insectos que tenían alas. Estaban las moscas, que eran los insectos que más conocía porque ya había capturado varias para mi colección. La primera mosca que capturé quedó aplastada en el matamoscas y solo logré despegar las alas para ponerlas en mi clasificador. Las alas eran casi transparentes, hechas de una malla membranosa, como de color gris, muy frágiles y ligeras. Mi papá me ayudó a despegarlas del matamoscas con unas pinzas que tomó del neceser de mamá. Me hizo una seña para que me quedara callado y para que mamá no supiera que habíamos tomado prestadas sus pinzas. La segunda mosca la atrapé con una trampa hecha con un vaso y un poco de miel rancia. Esa trampa me había ayudado a diseñarla mi papá. Me había dicho que lo mejor para atrapar a una mosca era ofrecerle algo que ella quisiera, y después de que la mosca cayera en la trampa podríamos atraparla con un vaso. Papá hizo un dibujo de cómo tendría que quedar la trampa y luego me ayudó a instalarla en el patio. Primero había puesto un poco de miel rancia en el suelo y luego puso un vaso cubriendo la miel. Con un palito había apoyado uno de los lados del vaso para que quedara levantado y la mosca pudiera entrar a buscar la miel. El palito estaba atado a una cuerda delgada y la cuerda la sujetaba yo desde mi escondite. Yo estaba escondido dentro de la casa y observaba desde esa posición a las moscas revolotear alrede-

dor de la trampa. El truco era que la mosca entrara a comerse la miel y que yo tirara de la cuerda. El palito se caería y el vaso atraparía a la mosca. Ya con la mosca atrapada, papá pensaba que tenía que dejarla ahí hasta que se le acabara el aire y se muriera, y así, ya muerta, la podría poner, completa, en mi colección. Yo pensaba que dejar morir a la mosca de esa forma era cruel, pero sabía que de otra manera no podría atrapar a una mosca entera.

El primer intento que hice salió mal. Estuve observando la trampa y luego vi cómo una mosca se acercó y empezó a succionar la miel. Me precipité al tirar de la cuerda y el palito cayó de lado, el vaso cayó también como había previsto, pero uno de los lados del vaso había quedado apoyado en el palo. La mosca había volado con la caída del vaso, había intentado escapar, primero hacia arriba hasta toparse con el fondo del vaso, y luego, encontrando la abertura que formaban el vaso y el palo había salido volando a toda velocidad y se había perdido en el aire. Tuve que salir a arreglar la trampa y colocar la cuerda. Al menos en ese intento me di cuenta de que las moscas se sentían atraídas por esa miel.

El segundo intento fue infructuoso también. La mosca llegó y empezó a succionar la miel. Yo tiré del palo muy fuerte y el vaso cayó de lado, la mosca se asustó y salió volando sin ningún problema.

Por fin, en el tercer intento logré atrapar una mosca. Todo salió según el plan. La mosca llegó a comerse la miel, yo tiré de la cuerda, el palito dejó de soportar el peso del vaso y este último cayó perfectamente para atrapar a la mosca. La mosca se llevó un buen susto y empezó a revo-

lotear. Muy tarde se dio cuenta de que estaba rodeada de una pared y de un techo de vidrio. Me acerqué a ver a la mosca atrapada y la vi agitarse, intentar volar hacia los lados, golpearse con el vaso, embarrarse con la miel. Decidí que ahora lo mejor era esperar a que el aire se le acabara y la mosca durmiera el sueño eterno. Lo único que hice, por consideración, fue ir por una hoja de mi cuaderno y ponerla sobre el vaso, con una piedra para que no se volara. De esa manera le evitaba a la mosca los rayos inclementes del sol que antes de sofocarla la quemarían totalmente.

Después de dos horas la mosca seguía viva, pero ya no volaba ni hacía intentos por escapar. Por la noche la mosca yacía muerta sobre la miel y pude recuperarla, pegajosa y escurriendo esa miel rancia, con las pinzas de mamá y ponerla en mi colección. Ahí la extendí para resaltar sus alas y para que el cuerpo quedara derecho. Cuando terminé, con un rotulador negro escribí en el recuadro *Musca domestica*, que quiere decir mosca casera, y abajo escribí: «Especie díptero». Fue el primer insecto completo que conseguí para mi colección.

De todos los insectos que están en el libro tengo mis favoritos. El primero pertenece a la especie de los coleópteros y se llama *Lampyris noctiluca.* Ese insecto es de la familia de las Lampyridae, que quiere decir lámpara o lucero. Su nombre común es «luciérnaga». Las luciérnagas miden entre 10 y 12 milímetros de ancho los machos y entre 15 y 20 milímetros las hembras. Los primeros tienen 6 o 7 segmentos en el tronco, y las segundas tienen 8 segmentos. Los machos son de color café o negro, tienen un *pronotum* anguloso, su parte posterior es más clara, sus élitros

son rugosos y están finamente cubiertos por vellosidad. Las hembras son de un color café claro, casi amarillento, y tienen placas luminiscentes en los segmentos 6 y 7. Lo interesante de las luciérnagas es que casi solo tienen actividad por las noches, de ahí que las hembras tengan esas placas que emiten una luz amarilla, como si fueran pequeños focos o pequeñas estrellas, centellando sobre los campos. Esa luz sirve para que los machos las encuentren y puedan juntarse para tener bebés. Nunca antes de tener el libro hubiese pensado que los insectos podían iluminarse como una lámpara, tener su propia luz en el tronco y hacer llamadas silenciosas, mensajes de luz como de código morse para llamar a sus parejas. Hay dos fotos de luciérnagas en el libro, pero no se aprecia bien la luz que tienen en el tronco. Las luciérnagas son mis favoritas y sueño con el día en que pueda ver una con mis propios ojos.

Otros que me gustan son las mariquitas de veintidós puntos, *Thea vigintiduopunctata.* Tienen un cuerpo abombado y sus alas tienen puntos negros que resaltan sobre su color rojo. Son muy pequeñas e inofensivas y hay una foto de un niño que tiene varias de ellas en la mano.

Hay otra foto muy interesante, pero no me parece que sea uno de los mejores insectos. De todas maneras lo menciono porque algo me dice que este tipo de insectos vive en tiempos de guerra. Yo estoy seguro de que pronto veré uno de estos. Es de la especie de los lepidópteros y se llama *Acherontia atropos Sphingidae,* o según su nombre común, polilla «Esfinge de la calavera». Lo que es interesante de este insecto es que tiene cuatro alas, dos más pequeñas, un cuerpo ovalado, de color negro muy brillante,

cubierto de vello, y una mancha de color blanco en la parte dorsal de la cabeza. Esa mancha forma un cráneo, una calavera, y eso le da ese toque espectral y tenebroso. Con la guerra que vivimos, no tardaremos en ver volar ese tipo de polillas como si fuesen el ángel que anuncia el fin de los tiempos.

25

Por la noche mi fiebre ya estaba totalmente curada, pero nadie pudo venir a tomar el dulce de leche que mamá había preparado porque hubo una alarma de bombardeo. Al final, la alarma resultó ser falsa pero todos prefirieron quedarse en sus casas y no salir a la calle. Solo comimos del dulce papá, mamá, Raissa, Mahdi y yo. Es muy gracioso ver comer dulce de leche a Mahdi porque con cada cucharada se ensucia más la cara. Al final queda hecho un batido de dulce y tiene todas las mejillas manchadas, incluso los ojos y las cejas tienen dulce. Mamá tuvo que limpiarle la cara con un paño húmedo y quitarle la cuchara para que no hiciera todavía un mayor desastre.

Luego mamá llevó a Raissa y a Mahdi a dormir, y papá y yo nos quedamos recogiendo las tazas y las cucharas. Papá me preguntó varias veces cómo me sentía y si había leído mi libro de los insectos. Me preguntó por las luciérnagas, porque papá ya sabía que esos insectos eran mis

favoritos. Me dijo que no me preocupara, que algún día podría ver una luciérnaga en la realidad. Papá decía que cuando queremos algo con todo nuestro corazón y ese algo que queremos es algo bueno, tarde o temprano se cumple nuestro deseo y lo conseguimos, o lo podemos hacer o contemplar. Me contó que cuando él era pequeño había soñado con casarse con una mujer preparada, muy guapa y valiente. Había soñado tanto con eso y lo había deseado tanto en su corazón que cuando conoció a mamá en la universidad supo que su sueño se había cumplido. Después de salir durante varios meses, mamá y papá decidieron casarse y formar una familia juntos, y desde entonces, a pesar de los negocios, a pesar de la ausencia del tío, a pesar de la guerra, papá había sido el hombre más feliz del mundo.

Quise creer que lo que papá contaba era cierto, y que en mi caso sería igual. Bastaba con que yo deseara tanto a Shaima, que eso fuera algo bueno para todos, y que lo deseara con todo mi corazón y con todo mi ser para que tarde o temprano se cumpliera. Ya le había dicho que la quería, que ella era la mujer de mi vida, ahora solo necesitaba seguir deseándolo para que Shaima me correspondiera y supiera que yo era el hombre de su vida.

Sonreía por primera vez en el día y papá se dio cuenta de mi sonrisa. Me abrazó y me dio un beso en la frente y me dijo que a partir de ese día todo iría bien, que la guerra nunca nos haría mal. Esa era la promesa de mi padre, y nunca antes una promesa de papá había dejado de cumplirse. Esta no sería la excepción a la regla.

26

Mamá descendió las escaleras y nos hizo señas para que guardáramos silencio. Raissa y Mahdi ya dormían. Papá terminaba de limpiar la mesa y yo estaba pensando en lo que papá acababa de decirme cuando de pronto sonó el teléfono. Mamá y papá se miraron brevemente y luego papá salió corriendo hacia su despacho. Llegó con el segundo timbre, levantó el auricular y contestó «¿Diga?». Del otro lado de la línea la voz del tío, tras varios meses de ausencia, se escuchaba nítida y feliz. El tío saludaba efusivamente a papá y papá nos hacía una seña para decirnos que era el tío. Mamá y yo nos acercábamos y rodeábamos a papá para intentar escuchar también. Papá y el tío empezaban su conversación y las lágrimas de felicidad le escurrían por encima de los bigotes. Papá nos hacía señas para que guardáramos silencio, la línea parecía cortarse, el tío hablaba y papá solo asentía y nosotros estábamos expectantes por saber qué estaba diciendo. Papá abría el cajón de su escritorio

y sacaba su cuaderno y su pluma, anotaba con nerviosismo algunos datos, números, direcciones, nombres de personas, teléfonos, cuentas bancarias. Mamá ponía cara de no entender y se notaba que deseaba saber ya lo que estaba pasando, su impaciencia era palpable y llenaba el cuarto, era tan real que se podía cortar en dos con un cuchillo afilado. Yo intentaba ayudar a papá poniendo cara de felicidad, entendiendo en ese lenguaje hecho de silencios y de movimientos de la cara que todo estaba bien, que las noticias eran buenas, las mejores, que el tío regresaba pronto, que las anotaciones de papá eran el día de su regreso, el lugar donde habría que recogerlo. Todo iría bien, la promesa de papá, apenas dicha, comenzaba a cobrar forma, se hacía real, y si yo así lo quería, deseando que Shaima me quisiese como yo la quería a ella, también eso se cumpliría pronto.

Papá seguía hablando con el tío y mamá no podía ya con su desesperación. Prefirió salir y dejarnos solos, entendiéndonos mutuamente, un lenguaje de hombres y de promesas hechas de amor y de lo bueno del mundo.

Papá me hacía señas para que guardara silencio. Yo no había dicho una sola palabra, pero mi felicidad silenciosa quizá hacía tanto ruido que papá no podía escuchar bien al tío. Decidí irme con mamá y dejar a papá hablando por teléfono para que no perdiera el hilo de la conversación.

Mamá estaba sentada en una silla de la cocina. Miraba fijamente hacia el despacho de papá, esperando a que él saliera y nos dijera las buenas noticias. Ya estaba más tranquila, pero la llamada del tío nos había pillado por sorpresa. Hacía ya varias semanas que el tío no llamaba, y luego lo de Yamina nos había hundido en ese ambiente negro

donde todo parecía ir de mal en peor. Ahora, ese timbrazo, ese aparato que cobraba vida con la voz del tío, recorriendo kilómetros a través de un cable de cobre muy delgado, llevando su voz de un lado del mundo a otro, la voz nuevamente de un fantasma que surgía de la noche para mostrarnos la luz nueva, la voz del hijo pródigo que se iba y que regresaba para nunca más abandonarnos, la voz que nos daba nuevamente esperanzas. Era el anuncio, como la promesa de papá, de que todo cambiaría para bien.

Escuchamos a papá colgar el teléfono. Mamá se levantó rápidamente de su silla, me tomó de la mano y fuimos hacia la sala. Papá salió de su despacho, su rostro era un rostro tranquilo, blanco, su bigote relucía con un brillo dorado. Papá se peinó con la mano, se aclaró la voz y nos contó la conversación que había tenido con el tío. Lo primero que dijo casi hizo que mamá gritara de alegría, papá dijo: «Yamina está en Francia con Saadi, llegó con él hace cuatro días, nos han intentado llamar, pero las líneas estaban cortadas».

Yamina estaba a salvo. Yamina se había escapado del país. Yamina se había ido con el tío a Francia, sin avisar a nadie, ni a sus padres, ni a mamá. Había cruzado la frontera por el mismo punto que el tío, había seguido sus pasos, siguiendo esa ruta que el tío había inaugurado. Y ahora estaban juntos en Francia, los dos, sanos y salvos, esperando a que nosotros decidiéramos abandonar también el país y llegar a París con ellos. Todos juntos visitaríamos el museo de historia natural y la colección de mariposas, estaríamos a salvo de las bombas que caen del cielo y podríamos comenzar una nueva vida.

Luego papá dijo que el tío había depositado dinero en una cuenta y que tendríamos que retirarlo cuanto antes. El tío había hablado también de unos hombres que nos harían pasaportes falsos y que nos ayudarían a salir del país sin problemas; el tío tenía todo un plan para que todos dejáramos atrás esta guerra y llegáramos a Occidente, al mundo nuevo, al mundo de paz.

Papá guardó silencio, sabía que lo que acababa de decir era una noticia más grande que el entendimiento, necesitaba ser asimilada por partes, entender cada punto, digerirlo, aprobarlo, y solo después, con cada parte clara, podríamos juntar las piezas del rompecabezas y ver una imagen completa, clara, un paisaje de un camino posible, un paisaje de un futuro prometedor, en otro lado, lejos del pueblo y de nuestro país, en un lugar donde hablaríamos otra lengua, usaríamos otro abecedario y comeríamos cosas con otro sabor.

Pero mamá pensaba todavía en Yamina y en que estaba a salvo. Estaba con el tío viviendo en Francia, leyendo noticias sobre los bombardeos al pueblo, leyendo que la casa vecina a la suya había recibido el impacto de una bomba. Sabía que mamá estaría hecha un manojo de nervios, que la buscaría hasta debajo de las piedras, mamá haría todo lo posible para encontrarla. Yamina se había ido sin avisar porque esa era la única forma de salir del país, sin decirlo, sin que nadie lo supiera, ni los padres ni los amigos, para no levantar sospechas, para que los adioses no fueran dichos y no hubiese lágrimas de tristeza que llorar. Tenía que ser así, salir durante la noche oscura, escondiendo nuestro nombre del viento, borrando nuestros pasos, sin dejar ras-

tro. Salir del país en silencio, callado, sin aspavientos, y solo cuando llegáramos al lugar donde otros seres queridos, otros amigos, otras nacionalidades nos recibieran con los brazos abiertos, solo entonces podríamos gritar con toda nuestra fuerza, gritar al cielo abierto nuestro enojo, nuestra furia, clamar a los cuatro vientos la injusticia que sufría nuestro país, hablar sobre las bombas que destruían vidas y volaban a niños en pedazos, a perros flacos perdidos por las calles, hablar de las calles hechas heridas sobre la faz de la tierra y que nadie, ni Dios ni el tiempo, sabrían borrar.

27

Papá y mamá me mandaron a dormir. Tenían muchas cosas que decirse ahora que el tío había anunciado su deseo de que fuéramos con él a Francia. Tenían muchas cosas que decirse ahora que sabían que Yamina estaba bien y que vivía con el tío. Le servía de intérprete y de amante, ahora el tío y Yamina harían una nueva vida en otro país y quizá algún día les darían sobrinos y a nosotros primos. Nuevos niños para poblar nuestra familia, niños que no llevarían nuestros nombres sino nombres franceses, que no conocerían el miedo de la guerra ni el ruido de las bombas. Niños que siempre serían felices y que nunca pasarían hambre, que sabrían de historia, que hablarían otras lenguas, que recitarían poesía en la noche encandilada de luces y bengalas, las noches para celebrar la vida y el amor entre los hombres y las mujeres. Las noches para celebrar la paz y la justicia.

Dejé a mamá y a papá en el despacho pensando lo que deberían hacer. Ya antes habían contemplado la idea de dejar el país. Papá se había lanzado a los negocios con ansias, con la desesperación de conseguir la mayor cantidad de dinero posible, el colchón que nos permitiera siquiera vislumbrar esa posibilidad. El dinero era necesario para pagar a los hombres que nos llevarían en sus caravanas, pagar los lugares donde pasaríamos las noches escondidos de la policía, pagar los papeles falsos, las fotos fraudulentas, pagar las aduanas donde era más fácil introducir contrabando que personas huyendo del infierno. El dinero para pagar una vida mejor.

Mamá seguía con sus miedos, y sabía que viajar con tres niños pequeños por el desierto era cosa de locos o de desesperados. Una cosa era el tío y Yamina, dos adultos, tomando sus decisiones libremente, buscando salvar sus vidas, encontrarse en otro país para amarse sin temor a represalias, sin temor a la policía entrometida, la que golpeaba con sus porras por hablar distinto, que encerraba a la gente inocente en prisión, que blandía un puño de acero para dominar un país. Otra cosa era escaparse con tres niños, uno en brazos, dos de corta edad, sacando a los niños como si se tratase de un tráfico ilegal, no de hijos propios, no de la idea de alejarlos de las bombas que podían en un santiamén romper sus carnes y sus huesos. Salir del país por el desierto, siguiendo esas caravanas de comerciantes, con los niños en brazos, sin poderlos proteger de la intemperie, de los peligros de una fuga prohibida, todo eso era una locura, era la máxima prueba de desesperación.

Pero papá pensaba que hacerlo era en cambio la prueba de amor, amor por la familia y por los hijos, por la posibilidad real de librarlos de todo mal y llevarlos a un lugar nuevo, limpio, libre de bombas, de sangre, de suciedad, libre de guerras. Llevar a la familia a un país donde pudieran reír y hacer con toda libertad lo que más quisieran. Poder leer poesía todo el tiempo, leer los diarios sin temor a ser hecho prisionero, hablar, disentir, gritar en contra de la injusticia, y salir a la calle todos los días, sintiéndose libres, trabajar hasta que el cuerpo reventara, sudar un sudor verdadero y dulce y ganarse con honradez el pan de cada día. Un país nuevo donde las creencias no serían obstáculo, donde leer un libro o escribir un artículo no fuera un delito, un país donde las mañanas anunciaran con todas sus letras, en cada nube y en cada rayo de sol, que en la vida hay que ser feliz.

Y el tío tenía la solución, ya la había tomado antes él, Yamina también había seguido el plan y había tenido éxito, ya se amaban libremente por las calles parisinas, paseando junto al río Sena sus amores, sus acentos bárbaros, sus pieles morenas. El tío ya veía con sus ojos de zafiro las torres de una iglesia alta, afilada, bella, construida con piedras áreas, con arcos salientes, con figuras aladas, con vidrieras de luz policromática, ya veía la cruz, estandarte de redención, trono de la justicia del Dios que amaba a los hombres y que moría por ellos.

Yo regresaba a mi cuarto y pensaba en dejar el país, mis fiebres se habían disipado, los insectos habían dejado su lugar a las ideas de otros lugares. Y entre tanto pensamiento, entre imaginar nuevos cielos, nubes con forma de paloma, aromas a pan fresco, aromas a café sin dulce, veía la imagen de Shaima, la niña de mis ojos, la niña de mi vida. Ahí estaba ella, entre dejar el país y quedarse. Entre decidir buscarla y llevarla conmigo o decidir quedarse a pro-

tegerla con mi cuerpo, resguardarla de las bombas con el escudo de nuestro amor.

Toda mi vida cambiaba de pronto y no sabía hacia dónde se dirigía. Tenía trece años y medio, pronto sería un hombre de catorce. Mi cumpleaños estaba cerca, no podríamos irnos antes de festejarlo, todos vendrían a la fiesta, todos comerían del dulce que mamá prepararía, todos serían, ese día al menos, felices.

Y abajo, en el despacho de la casa, mamá y papá discutían, tomaban las decisiones que cambiarían el curso de nuestras vidas, dirían si debíamos marchar con el tío y Yamina, irnos a Francia y aprender a hablar esa lengua, o quedarnos en el país, nuestra cuna, nuestro nombre, nuestra raíz, el territorio bañado por los dos ríos de la historia, los ríos de las civilizaciones más antiguas, los ríos que corrían por el paraíso divino.

De pronto, entendí el poema del tío. Nosotros éramos los hombres de arena, los hombres que poblaban el desierto, los primeros hombres de la historia. Y Dios era ese otro, el gran otro, a quien llamábamos, quien sin saber por qué se hacía sordo a nuestros rezos, los rezos de mamá, las plegarias hechas de la misma arena que formaba nuestro cuerpo. Nosotros alzábamos la vista al cielo y gritábamos «Ven y sálvanos, pronto, ya, ven a darnos tu justicia, ven a darnos tu amor». La estrella perdida para siempre era el ángel del mal. El ángel que llevaba por nombre Luzbel, que se había revelado contra el amor más puro y había caído para siempre. Él era la estrella perdida para la eternidad, el dueño de la tierra donde la guerra podía hacerse y podía matar sin justicia ni misericordia a niños y ancianos, a perros sedientos aullando en las esquinas.

28

No podía dormir sabiendo que papá y mamá discutían sobre mi futuro en el despacho.

No podía dormir pensando en Shaima y en cómo en caso de partir no volvería a verla.

No podía dormir pensando en Raissa y Mahdi, que no entendían nada de este mundo, que no sabían el nombre de esta guerra, que solo entendían el miedo y los ojos vacíos.

No podía dormir pensando en mis amigos, Tarek y Faouzi, y cómo ellos no tenían oportunidad de escapar de un país que no los protegía.

No podía dormir.

Decidí levantarme y buscar el libro de cuentos de mamá. Habíamos rezado en otra ocasión un poema. Quería leerlo otra vez, decirlo en voz alta, gritarlo y que todo el mundo me escuchara.

Salí de mi cuarto sin hacer ruido, me había puesto los botines y caminaba de puntillas, intentando no despertar a mis hermanos, no alertar a mis padres por mi insomnio.

Llegué al cuarto de mamá y encendí la luz del escritorio. Abrí el cajón y levanté el doble fondo, encontré el libro de cuentos. Lo tomé con las dos manos. Y luego vi un manojo de hojas, de cartas con sellos. Las hojas estaban escritas de la mano del tío, era su escritura, una escritura grande y llena de trazos de caligrafía, casi eléctrica. Dejé el libro y tomé las cartas, puse la tapa al cajón, apagué la luz y salí corriendo hacia mi cuarto.

Cerré la puerta y me escondí entre las mantas, con una lámpara observé las cartas, las hojas manuscritas, los sellos raros, con figuras que nunca antes había visto.

Leí que algunas habían sido enviadas desde otros países, las fechas indicaban que el tío era joven. Hablaban de sus viajes por el mundo, de sus estudios en Alemania, de sus profesores de literatura y de filosofía. Algunas cartas contenían poemas, pequeños poemas, primeros intentos en la carrera del tío. Le contaban a papá cómo era la vida en esos países, cómo eran las mujeres, cómo se vestían. Hablaba del clima, de la nieve, de las montañas cubiertas con esa alfombra blanca por donde las personas se deslizaban en invierno. El tío contaba que había ido con unos amigos a hacerlo, pero que aun después de varios intentos no había logrado deslizarse por las colinas y había abandonado con varios moretones y magulladuras.

Había otra carta diferente. Ahí el tío narraba una historia que yo no conocía. Hablaba de que había estado en la cárcel, aquí en el país. Lo habían detenido junto con otros de sus amigos en una reunión de escritores. La policía había irrumpido en el local a golpe de porra y precedidos por disparos al aire. Habían apresado a los líderes y a los poe-

tas más insignes. Se les acusaba de todo, de traición, de sedición, de conspiración. El tío hablaba de cómo los habían tratado en prisión. Lo habían golpeado tanto que había perdido la conciencia tres veces, y luego cuando la recobraba volvían a golpearlo. Querían que confesara un delito, que dijera que él había conspirado contra el presidente. El tío no había dicho ni una sola palabra. Para hacerlo hablar, la policía había traído al cuarto a una de sus compañeras poetas. Lo habían amenazado, de no confesar le harían a ella mucho daño. El tío no había abierto la boca y la policía había comenzado a golpear a la mujer. Ella gritaba para que el tío no dijera nada, pero el tío no podía soportar que se golpeara a una mujer indefensa. Había dicho que él era culpable de todo, que quería derrocar al presidente, que él era el jefe. Aun así, un policía había sacado su pistola y frente al tío le había pegado un tiro a la mujer. La mujer se había desplomado sin vida, sangrando por la frente, sus ojos negros y su cabello largo manchados de sangre, su cuerpo suave hecho un trapo. El tío se había liberado de los policías que lo sostenían, los había golpeado, los había insultado, y luego, antes de que pudiera abrazar el cuerpo inerme de la mujer, había sido golpeado en la nuca y había perdido nuevamente la conciencia.

Solté la carta y me puse a llorar. El tío era inocente de todo eso y su delito había sido solamente el de escribir los poemas más bellos de nuestra lengua.

Aun cuando papá y mamá no quisieran, teníamos que escapar de un país donde se podía ultrajar así a una gloria nacional. Esa era mi decisión. Y me iría con Shaima, porque ella era el amor de mi vida.

29

Papá y mamá habían decidido partir. Todo estaba claro, iríamos a ver al tío y haríamos nuestra vida en otro país, lejos del pueblo y lejos de la guerra.

Papá había hecho algunos buenos negocios y había juntado un poco de dinero. El tío nos había mandado también dinero para procurarnos pasaportes falsos. Parecía que el tío encabezaba en Francia un grupo de exiliados y disidentes que empezaba a hacerse un nombre en la escena internacional. Su editor francés le había dado el adelanto para otro libro, y ese dinero el tío lo había usado para que otros escritores escaparan del país.

Papá y mamá comenzaron a hacer todos los preparativos. No se podía avisar a nadie de nuestra partida, pero mamá me había dado permiso para decírselo a Tarek y Faouzi. Ellos habían jurado no contárselo ni a sus padres. El día que se lo comuniqué, Tarek me dijo que eso era lo mejor que podíamos hacer, y Faouzi lloró mucho. Tarek

me hizo un dibujo y me lo regaló. Ahí estábamos los tres, nos abrazábamos y reíamos, era como una foto. Faouzi no sabía qué darme, pero estaba tan triste porque ya no me volvería a ver que en un acto totalmente loco tomó su balón, le dio un beso y me lo obsequió. Yo no podía aceptar ese regalo porque sabía que el balón era su vida, pero Faouzi insistió y no tuve más remedio que aceptarlo.

Todos los preparativos iban bien, papá conseguía los papeles falsos, mamá hacía provisiones y juntaba lo indispensable, Raissa y Mahdi nos miraban con ojos curiosos y no entendían bien qué estaba pasando, pero sabían en el fondo que algo importante iba a suceder.

Y yo pensaba en Shaima, en que tenía que verla, aunque fuera la última vez, tenía que decirle que todo iría bien, que cuando llegara a Francia yo le mandaría dinero como el tío nos había mandado para que ella y su mamá pudieran escapar también.

Mamá pareció darse cuenta de mis cavilaciones y me pidió que fuera a verla. Mamá dijo: «Anda, ve y dile que vendrás por ella».

30

Salí de la casa como un rayo. Tenía que ver a Shaima, era una urgencia, era algo de vida o muerte.

Llegué a su casa, pero la señora Barzani me dijo que Shaima había ido al zoco a comprar algunas cosas. Supongo que me notó tan preocupado que me dijo: «Anda, ve, no tardes porque uno nunca sabe cuándo puede ser la última vez en nuestra vida».

Corrí hacia el zoco, el cielo comenzaba a hacerse de noche. Las nubes cubrían mi cabeza.

En el zoco me dijeron que Shaima ya había regresado a su casa. Pensé que la había perdido para siempre. Regresé corriendo. Algo me hizo tomar el camino junto al río, algo en mi corazón me hizo tomar esa decisión. Fui hacia allá, el camino del río bordeaba el pueblo, se alejaba un poco del centro y de las casas. Yo sabía que a Shaima le gustaba estar cerca del río, escuchar el correr del agua, mirar hacia el desierto abierto, hacia el cielo infinito, sentir la brisa salina y oler la arena quemada por el sol.

Vi a lo lejos una figura. Era Shaima. Caminaba algunos metros por delante de mí.

Aceleré mi paso. En el cielo se escucharon motores. Miré hacia arriba y vi los aviones volar formando un triángulo. Supe que los aviones vendrían con el último bombardeo, ahora acabarían con el pueblo para siempre. Pensé en papá y mamá y Raissa y Mahdi y los preparativos para irnos, para librarnos de esa guerra tonta, de esas bombas arrojadas desde el cielo. Miré a Shaima detenida, miraba a los aviones, estaba impávida, sin miedo. Corrí y llegué junto a ella. Se volvió a mirarme y cuando vio quién era me sonrío. «Dalil», dijo con su voz cristalina.

«Shaima» grité, me acerqué a ella. Cuando estuve a su lado tomé su mano. Ella no la apartó. Nos tomamos muy fuerte de la mano y miramos hacia el cielo. «Te quiero Shaima, te amo» le dije. «Ya lo sé» contestó. Y así, agarrados de la mano miramos cómo el cielo se ennegrecía y los aviones soltaban su descarga mortal. El cielo se había hecho negro. Las nubes eran un manto de sombras y los aviones con sus luces surcaban nuestro cielo. Sus bombas caían haciendo un ruido agudo, ella y yo nos tomábamos de la mano y no nos soltábamos. Shaima me apretaba con fuerza y yo sentía el calor de su palma, y sentía también su corazón latiendo, rápidamente, al compás del mío. «Te amo», le repetía, y ella contestaba otra vez «Ya lo sé». Así, tomados de la mano mirábamos cómo las bombas caían y explotaban sobre nuestras cabezas. Yo le decía «Vendré por ti, te lo prometo, vendré por ti», y ella contestaba, «Ya lo sé, te estaré esperando, mi amor» y las bombas seguían estallando, haciendo luces de todos los colores, rojos, ama-

rillos, verdes, azules, explotando en esferas como luces de bengala, soltando chispas que caían suavemente, iluminando nuestra última noche con destellos, como las primeras luciérnagas en el desierto.

París, verano de 2010

Índice

Daniel SanMateo

Estudió primero matemáticas para saber contar hasta el infinito, después letras para aprender a leer bien y finalmente filosofía para descubrir la verdad. Gusta de estudiar idiomas extranjeros y de viajar por el mundo para conocer a muchas personas maravillosas. Ahora vive en México, donde además de escribir historias muy serias y muy entretenidas es profesor universitario. Sus alumnos piensan que su clase es difícil, pero que aprenden cosas increíbles.

Bambú Grandes lectores

Bergil, el caballero perdido de Berlindon
J. Carreras Guixé

Los hombres de Muchaca
Mariela Rodríguez

El laboratorio secreto
Lluís Prats y Enric Roig

Fuga de Proteo 100-D-22
Milagros Oya

Más allá de las tres dunas
Susana Fernández Gabaldón

Las catorce momias de Bakrí
Susana Fernández Gabaldón

Semana Blanca
Natalia Freire

Fernando el Temerario
José Luis Velasco

Tom, piel de escarcha
Sally Prue

El secreto del doctor Givert
Agustí Alcoberro

La tribu
Anne-Laure Bondoux

Otoño azul
José Ramón Ayllón

El enigma del Cid
Mª José Luis

Almogávar sin querer
Fernando Lalana,
Luis A. Puente

Pequeñas historias del Globo
Àngel Burgas

El misterio de la calle de las Glicinas
Núria Pradas

África en el corazón
M.ª Carmen de la Bandera

Mande a su hijo a Marte
Fernando Lalana

Sentir los colores
M.ª Carmen de la Bandera

La pequeña coral de la señorita Collignon
Lluís Prats

Luciérnagas en el desierto
Daniel SanMateo

Como un galgo
Roddy Doyle

Bambú Grandes viajes

Heka
Un viaje mágico a Egipto
Núria Pradas

Raidho
Un viaje con los vikingos
Núria Pradas

Koknom
Una aventura en tierras mayas
Núria Pradas

Bambú Descubridores

Bajo la arena de Egipto
El misterio de Tutankamón
Philippe Nessmann

En busca del río sagrado
Las fuentes del Nilo
Philippe Nessmann

Al límite de nuestras vidas
La conquista del polo
Philippe Nessmann

En la otra punta de la Tierra
La vuelta al mundo de Magallanes
Philippe Nessmann

Al asalto del cielo
La leyenda de la Aeropostal
Philippe Nessmann

Los que soñaban con la Luna
Misión Apolo
Philippe Nessmann

En tierra de indios
El descubrimiento del Lejano Oeste
Philippe Nessmann

Shackleton
Expedición a la Antártida
Lluís Prats

Bering
En busca de América
Jordi Cortès

Bambú Descubridores científicos

Brahe y Kepler
El misterio de una muerte inesperada
M. Pilar Gil

Bambú Vivencias

Penny, caída del cielo
Retrato de una familia italoamericana
Jennifer L. Holm

Saboreando el cielo
Una infancia palestina
Ibtisam Barakat

Nieve en primavera
Crecer en la China de Mao
Moying Li

La Casa del Ángel de la Guarda
Un refugio para niñas judías
Kathy Clark

Bambú Exit

Ana y la Sibila
Antonio Sánchez-Escalonilla

El libro azul
Lluís Prats

La canción de Shao Li
Marisol Ortiz de Zárate

La tuneladora
Fernando Lalana

El asunto Galindo
Fernando Lalana

El último muerto
Fernando Lalana

Amsterdam Solitaire
Fernando Lalana

Tigre, tigre
Lynne Reid Banks

Un día de trigo
Anna Cabeza

Cantan los gallos
Marisol Ortiz de Zárate

Ciudad de huérfanos
Avi

Bambú Exit récord

El gigante bajo la nieve
John Gordon

Los muchachos de la calle Pál
Ferenc Molnár

El vendedor de dulces
R.K. Narayan

El amigo secreto de Barney
Clive King